Querverlag

Carmen Bregy

# Im Stillen umarmt

Roman

Erste Auflage März 2009



Umschlag und grafische Realisierung von Sergio Vitale unter Verwendung eines Fotos von gettyimages.
Gesamtherstellung: CPI Moravia Books s.r.o.
ISBN 3-89656-162-6
Printed in the Czech Republic.

Bitte fordern Sie unser Gesamtverzeichnis an:
Querverlag GmbH, Akazienstraße 25, D-10823 Berlin
http://www.querverlag.de

## 1. Treffen

Ich esse eine Gabel Fettuccine mit Kapern und schaue auf deine Hand. Schön, aber kraftlos und unbeteiligt, fast so, als ob du sie da vergessen hättest, liegt sie auf der meinen. Ich lasse sie so liegen. Es fühlt sich immer noch gut an. Nach so vielen Jahren.

„Du kochst einfach wunderbar", sagst du und bläst dir ein paar wirre Haare aus dem Gesicht. Früher hätte ich diese Haarsträhne liebevoll aus deinem Gesicht gestreichelt. Unser lebendiges Tischgespräch wäre kurz dann durch diese kleine, vertraute Zärtlichkeit unterbrochen worden. Heute traue ich mich nicht mehr, solche Dinge zu tun.

Du bist so schön, denke ich. Und schaue dich nicht an dabei. Sage stattdessen: „Danke für den Wein."

Ich habe gekocht. Ich koche meistens, wenn du kommst. Ich esse weiter. Ohne Hunger. Aus Gewohnheit, und weil man das so macht. Dabei schweift mein Blick durch unsere Küche. Meine Küche. Mein Zuhause. Nicht mehr unser Zuhause. Du kommst manchmal vorbei. Isst aus unseren alten Tellern und gehst dann mit mir ins Bett. Hitzig und voller Zorn, so scheint mir. Zwischen Tür und Angel tauchst du mich in dein Feuer.

Ich rede nicht mit dir. Ich weiß, wie sich meine Stimme anhören würde, würde ich jetzt sprechen. Schwach, dünn und zittrig würde sie klingen. Trotzdem würde ich versuchen, tapfer zu sein und mit erwachsenen Worten zu dir zu sprechen. Dass wir es prima hingekriegt haben, diese eheliche Zweierkiste in eine solide Freundschaft zu verwandeln, in der auch ab und zu etwas mehr möglich ist.

„Ach, Gott, du bist und bleibst so ... altmodisch, so eng, so normal, so ... Genieß das Leben, genieß mich und uns und mach nicht immer solche Grundsatzüberlegungen", hast du mir mit viel Bier im Bauch gesagt, als ich dir am Ende unserer dreijährigen Beziehung gestand, dass ich dich immer noch liebe und nicht einfach so mit dir schlafen will. „Das Leben ist nicht eins und eins. Das Leben hat viel mehr zu bieten. Und ich will alles davon", waren deine letzten Worte in jener Nacht, als du die warme Bettdecke ein erstes Mal zurückgeschlagen hast und gegangen bist. „Ich muss schlafen", hast du beim Hinausgehen gemurmelt.

Das möchte ich aber nicht. Weder dünn und zittrig sein noch lügen müssen. Ich möchte aber auch nicht die angstvolle Frau sein, die du manchmal spöttisch betrachtest.

Also schweige ich.

Wir trinken einen kleinen, süßen Espresso und schweigen in das Dunkel der Kaffeetässchen, währenddessen sich auf meiner Zunge liebevolle Worte sammeln.

„Komm", möchte ich sagen, „komm zu mir. Jetzt. Lege deine Hand auf meinen pochenden Hals. Mein Herz ist da, im Hals, wenn du zu mir sprichst. Lege deine Hand auf dieses warme, schnell pulsierende Leben. Und vielleicht sagst du mir dann meinen Namen. So wie früher."

Das alles möchte ich sagen und schweige.

Und so bleibt alles, was in mir ist, ungesagt. Die Heldin, die du so sehr geliebt hast, hat sich aus dem Staub gemacht. Ich stehe auf und mache mich geschäftig daran, die Reste unseres Beisammenseins wegzuräumen, das Geschirr zu spülen und die beiden Rotweingläser leer zu trinken.

Ich warte darauf, dass du gehst. So wie oft, wenn du bei mir warst, trockne das Geschirr ab und räume alles sorgfältig in den Schrank. Du aber hast vor, heute Nacht zu bleiben. Du lümmelst auf dem Sofa und spielst mit Roberta, der Katze, die du vor langer Zeit als kleines, rostbraunes Häufchen von der Straße mit nach Hause gebracht hast.

„Schau doch nur", hast du gesagt, mir die Katze entgegengestreckt und dabei das kleine Tierchen mit kaum zu zähmender und unbeholfener Zärtlichkeit hart an deine Wange gedrückt.

„Wir müssen es retten. Es darf nicht sterben. Bitte."

Ich habe euch beide hereingelassen, die Katze und dich, dir einen Tee und dem kleinen Tier ein bisschen Milch mit Wasser hingestellt. Meine Katzenallergie vergessen. Dein liebevoller Blick, dein warmer Atmen hinter den dreckigen kleinen Katzenohren, deine flüsternden Worte, deine Hände, die zärtlich über das struppige Fell streichelten. Mit aufmerksamer Sorgfalt und Hingabe hast du das Tier wieder gesund gemacht. Und dann bist du zu mir gezogen.

Ich schaue dich an. So, dass du es nicht bemerkst. Schaue dir zu, um dann gleich wieder die Augen zu schließen. Ich sehne mich nach deinem Mund. An meinem Herzen sollte er sein und sich satt trinken. Ich denke immer so viel, wenn du in meiner Nähe bist. Ich könnte ja reden. Aber das übernimmst du. Du sprichst oft und laut und ungestüm über das Leben, deine Wünsche, deine Zukunft. Und ich höre dir immer zu, in der Hoffnung, irgendwo vorzukommen. In deinem Leben, in deinen Wünschen oder in deiner Zukunft.

Heute schlafen wir einfach miteinander, ohne unsere Lippen immerzu küssen zu wollen. Wir küssen nur noch selten, weil wir keine Angst mehr haben, dass zwischen unseren sehnsuchtsvollen, offenen Mündern – in diesem nassen, dunklen Raum, der dann manchmal zwischen uns war – etwas verloren geht und nach draußen entschwinden könnte, was uns gehört.

Manchmal blicke ich in dich hinein. Manchmal gelingt mir das. Dann, wenn du dich in deiner Lust verlierst, vergisst, wer ich bin, und dich dein Mund festhält. An mir. Mein und dein Höhenrausch schon lange verebbt, stößt du immer noch mit ungezügelter Leidenschaft in mich hinein – an mir vorbei.

Oder ist es Zorn? Ich möchte nicht darüber nachdenken. Ist doch diese grob gewordene Zweisamkeit der einzige Weg, das von dir zu sehen, was ich so sehr liebe.

„Komm", sagst du, stellst die Espressotasse auf den Tisch und reichst mir deine Hand. So wie du es schon mal getan hast. Auf einer zweitägigen Bergwanderung vor vielen Jahren, als ich mit gezerrten Bändern die restlichen dreihundert Höhenmeter bis zur Berghütte zu überwinden hatte, und du mir als fremde Alleinwanderin zuerst deine Hand angeboten und dich dann meiner Gruppe angeschlossen hast. Abends in der Hütte tranken wir viel Wein, aßen Kartoffelstock an Fleischsauce und Büchsengemüse, und ich verliebte mich in deine Hände. Zuerst in deine Hände und dann in deine Worte, die du neben mir stehend in den blau-rot dämmrigen Berghimmel geflüstert hast. „Mit dir will ich zusammen sein", hast du gesagt, und deine Hand war warm, trocken und fest.

Ich nehme deine Hand und gehe mit dir in unser altes Schlafzimmer.

Es ist Sonntag. Ein warmer Tag. Sonnenlicht. Stille. Müdigkeit. Und Zeit. Austritt aus dem Hetzleben. Ein Tag, der sich anfühlt wie eine Nacht.

Zwischen langweiligem Herumstreunen in der Wohnung, Teetrinken, Aufräumen und wieder Teetrinken lande ich bei unseren Liebesresten. Eine Kiste voller Briefe, Fotos und Videos. Ich wollte sie hinunter in den Keller tragen. Uns dort deponieren. Stattdessen fange ich an, in der Kiste herumzuwühlen. Immer wieder.

Ich tue dann so, als ob ich das zum ersten Mal täte, und fange an, das Verzweifeln zu durchforsten.

Einmal hast du geschrieben: *„Ich möchte dich beschützen und mich gleichzeitig in dich hineinrollen."*

Ohnmächtige und zärtlich schimmernde Worte. Ich lese sie und kann nicht glauben, dass du solche Dinge nicht mehr zu mir sagst. Ich lese jede Zeile. Buchstabenperlen, die ich mir langsam um den Hals hänge. Dieser Tag soll uns gehören.

Deine Bezeugungen zu Beginn unserer Beziehung, nie mehr ohne mich leben zu können, haben sich in Schall und Rauch aufgelöst. Zum Glück. Heute lebst du ohne feste Beziehung, aber mit zahlreichen Affären, wachst auf in fremden Betten – manchmal in meinem. Und das „geht super", wie du mir immer wieder unaufgefordert mitteilst.

Die Erinnerungen an unsere Hochzeiten liegen wie Tagebuchblätter vor mir.

Unsere Liebe ist dir abhanden gekommen. Vielleicht auf unserer gemeinsamen Reise durch die winterliche Toskana zwischen Viareggio und Firenze. Vielleicht im Dom zu Pisa, wo ich unsere Freundschaftsringe wieder ausgepackt habe und voller ungestümer Pläne war.

Es war Winter, und der Dom in seinem warmweißen Carrara-Marmor mitten auf einer gelb-braunen Rasenfläche stehend, glich einer Himmelfahrtskutsche. Langsam schlendernd, wissend um jedes Sekundengeschenk deiner Gegenwart spazierten wir über den „Platz der Wunder" und machten Fotos.

Heute streichle ich zärtlich über eines der Bilder. Du in Schieflage neben dem Turm von Pisa. Der Turm kerzengerade, seinen weißen Hals in den strahlend blauen Winterhimmel reckend.

Ich war glücklich.

Und wollte ihn umarmen.

Den Turm.

Und dich. Immer wieder.

„Heiraten, weißt du. So richtig. Lass uns heiraten. Nach diesem Jahr der Trennung, nach diesem Jahr, das uns gezeigt hat, dass wir zusammengehören. Lass uns endlich wieder richtig zusammen sein. So wie früher. Wir gehören zusammen!“, sagte ich bestimmt, vor dir stehend, in diesem kühlen, stillen Gotteshaus, mitten unter den Augen der Santa Felice Assunta, neben der Marmorkanzel von Giovanni Pisano.

„Heiratest du mich?“

Mit jagenden Herztrommelwirbeln in meiner Brust, deine Antwort ersehnend, schloss ich die Augen und wartete auf deine Umarmung, auf deine Antwort. Ich wartete auf deine Hände, die mein Gesicht umfangen, es küssen. Zuerst die heiße Stirn, die roten Wangen dann und schließlich meinen Mund.

„Du bist so süß“, hörte ich dich leise sprechen, „aber ich glaube nicht, dass das eine gute Idee ist. Noch nicht. – Schau mal den großen Leuchter dort oben. Galileo hat sich scheinbar durch ihn über die Pendelbewegungen inspirieren lassen“, hast du noch angefügt und dann hörte ich dich weggehen.

„Zum Grabmal von Kaiser Heinrich VII. Das ist sehr interessant. Komm!“

Meine Herztrommelwirbel wurden langsamer, bis es schließlich ganz windstill wurde – in mir drinnen. Die Augen behielt ich geschlossen. Wohin hätte ich auch schauen sollen? Zur Kassettendecke hinauf, zum Leuchter, zu den andächtig betenden, schwarz gekleideten alten Mütterchen, die auf Knien mit Rosenkranz in den Händen und Weihrauch geschwängerten Taschentüchern die Felice Mutter Gottes um Hilfe baten? Zu dir hin? Zu diesem Grabmal? Es interessiert mit dir betrachten? Mit dir im Reiseführer über den Dichter D'Annunzio lesen, der dem Platz seinen Namen „Piazza dei Miracoli" gegeben hatte?

Unsere beiden kleinen goldenen Ringe umfangen in meiner Hand. Vor einigen Sekunden noch wollte ich den einen davon, deinen alten Ring, wieder über deinen Finger streifen.

Ich verstaute die glänzenden Gefährten in der braunen, samtigen Schachtel, steckte sie zurück in die Manteltasche und hielt sie dort umklammert.

Für später.

Du bist damals nach Italien gefahren, um mit mir den Jahreswechsel zu feiern. Ich war einige Tage zuvor mit Freundinnen dahin gereist, da du noch nicht wusstest, ob du es dir einrichten konntest. Was habe ich mich gefreut, als eine SMS von dir dein Kommen ankündigte.

„Komme morgen um 16.30 Uhr in Viareggio an. Holst du mich ab? Ich freue mich so sehr. Auf dich und uns."

„Sie kommt also", informierte ich meine Feriengesellschaft und versuchte mir die unbändige Freude über deinen nahenden Besuch nicht anmerken zu lassen. Elsa öffnete eine Flasche Rotwein, schaute mich skeptisch an, holte tief Luft und setzte zum Sprechen an.

Ich kam ihr zuvor: „Sag nichts."

„Was soll sie nicht sagen?", fragte Kristin mit Unschuldsmiene, „dass sie dir wieder das Herz brechen wird? Die kleine, süße, wunderbare, wunderschöne Herzensbrecherin? Oh! Jetzt hab ich es gesagt. Und Jana sagt es auch gleich. Jana?"

Doch Jana schaute mich nur an und meinte zu Kristin: „Sie lieben sich halt. Daran ändert auch die Trennung nichts."

Später am Abend zauberte Elsa ein rosarotes Dessert und Jana und Kristin lagen sich vor dem Kamin in den Armen. Ich versuchte mein aufgeregtes Herz mit italienischem Kräuterlikör zu beruhigen und rauchte draußen vor dem Ferienhaus, mitten auf der menschenleeren Straße von Casoli, Zigaretten.

Der Zug fuhr ein. Viareggio – was für eine besondere Stadt. Im Sommer ein mondäner Badeort mit schmucken Strandkulissen und Badeanstalten, die Namen tragen wie Paradiso, Felice oder Elsa. Im Winter verwandelt sich das Städtchen für ein paar Wochen in eine Karnevalshochburg. Wir werden ihn verpassen.

Die schöne Häuserfront im Zentrum des Städtchens ist eine Filmkulisse – nach vorne hin viel Protz und Pomp, dahinter einfach, schlicht und grau. Und auch dem Bahnhof haftet nichts von Jugendstilzauber an. Verwitterte Schilder weisen zur Toilette, zur Bar, zum Uscita. Vergessene Zeitungen und weggeworfene Plastiktüten wirbelten über die Gleise.

Es stand keine Menschenseele auf dem Bahnsteig, als dein Zug endlich zum Stehen kam. Und dann sah ich dich aussteigen. Mit großen Schritten, leichtem Gepäck und strahlendem Lachen bist du auf mich zugekommen, hast mich umarmt. Und nicht mehr losgelassen.

„Ich dachte schon, der fährt durch“, hast du in mein Haar geflüstert, und ich spürte dein wild klopfendes Herz, deinen Bauch mit Hunger und Durst darin.

„Alles wird gut“, habe ich zurückgeflüstert und dem lieben Gott gedankt. Ich musste mich dabei ein bisschen strecken, da du größer bist. So wie früher. Mich hinaufstrecken. Zu dir hin.

„Jetzt bist du da.“

Der Tag deiner Ankunft war ein stiller Wintertag. Die kühle Meeresbrise wehte *fin de siècle* durch die Straßen und Gassen von Viareggio. Auf der Promenade wurde promeniert. Die Italiener und andere Wintergäste flanierten in tadelloser Garderobe. Wir trotzten dem Anspruch der eleganten Jugendstilfassaden und trugen T-Shirts, Jeans und alte Lederjacken.

Wir tranken Kaffee im Gran Caffè Margherita, spazierten Hand in Hand am menschenleeren Strand entlang und kauften

Unmengen von Postkarten, die ich Monate später unbeschrieben im Handschuhfach wiederfand.

Die Rückfahrt über die Serpentinen hinauf nach Casoli, zu unserem Ferienhaus, war Schwindel erregend schön. Ich schwieg. Was hätte ich sagen sollen? Der Freude über dein Dasein wäre kein Redeschwall beigekommen.

Als ich meinen alten VW Kombi hupend vor dem Haus parkte, trat das Empfangskomitee mit Sekt vor die Tür. Der Argwohn, die Skepsis dir gegenüber waren verschwunden, kaum hatten sie uns entdeckt. Wir, das alte Liebespaar, schienen augenblicklich und endlich wieder vereint.

„Lass dich umarmen“, sagte Elsa. „Bist du groß“, lachte sie und hielt dich ein bisschen von sich weg. „Jesses, warum bist du nur so groß?“

Der erste Januarmorgen in Casoli. Tanzend haben wir das Neue Jahr begrüßt. Draußen auf der Straße. Mit fremden Gesichtern gelacht, mit Elsa, Kristin und Jana getrunken, am Tresen der kleinen, neonbeleuchteten Dorfbar Andrea, Roberto, Giulia und Luzia kennengelernt, uns an den Händen gehalten.

Der Barmann sah aus wie Adriano Celentano und sang zwischendurch auch ein bisschen so. Von „Amore, Amore“ nämlich und von „Sole sulla pelle“.

Kurz bevor wir aufbrechen wollten, öffnete sich die Tür und herein strömte ein halbes Dutzend Zirkusmenschen, die aussahen, als wären sie mittelalterlichen Tarotkarten entsprungen. Mitten hinein in unser artiges Leben. Mit Hüten und Mützen, engen Shirts, zerschlissenen Lederjacken, langen Mänteln, wild gemusterten Strümpfen, zu große Krawatten und mit rot geschminkten Lippen.

„Eh! Ciao, Luzia, ciao, Andrea, ciao a tutti, ciao!“, rief der Barmann entzückt und hörte nicht mehr auf damit, die Frauen und Männer der Truppe zu umarmen und zu küssen. Er schenkte sechs weitere Gläser ein und stellte diese neben die unseren.

„Dachte ich's mir doch. Schweiz, oder?“, sprach mich Luzia an. „Dein Italienisch ist zwar ganz passabel, aber die nette Zurückhaltung, das können doch nur Schweizerinnen sein“, lachte sie mir mitten ins Gesicht.

„Was macht ihr?“, wollte ich wissen.

„Oh“, lachte sie, „willst du das wirklich wissen?“

„Natürlich wollen wir das wissen“, hast du dich eingemischt und schon waren wir für den kommenden Neujahrsabend zum Festival für „Circo Nuovo“ in Viareggio verabredet.

Wir tranken weiter, klatschten Beifall, als Luzia mit Tellern jonglierte, Roberto mit einer Stuhlakrobatiknummer glänzte und Andrea ein silbernes Pendel über deine und meine Hände gleiten ließ und dabei zufrieden lächelte.

Wir blieben hellwach in dieser Nacht. Du und ich.

Die anderen schliefen bereits ins Neue Jahr hinein. Wir legten ein letztes Holzscheit aufs Feuer in der Küche und tranken einen letzten Averna.

„Es ist so schön mit dir. Auf uns!“, hast du mir zugeprostet und mich dann geküsst. Mitten auf den Mund, mitten hinein in die silberne Morgenstunde. Dein Neujahrskuss.

„Ich küsse dich so gern. Ich küsse dich doch so gern“, hast du in meinen Mund geflüstert. Deine Angstworte, später dann, aus deinem Mund: „Wirst du mich wieder verlassen? Ich habe Angst. Eine solche große Angst“, verscheuchte ich mit zärtlichen Koseworten.

Ein Blick in dein Samtaugengrau und ich wusste es wieder. Du würdest bei mir schlafen, wenn der Frühling kommt und sich die ersten Blütenlocken fröhlich in den Himmel strecken. Du würdest mit mir die Wäsche in den Wind hängen. Dann, wenn der junge Morgen die vergessenen Gärten hinter den Häusern der Stadt in ein Paradies verwandelt.

Den Rest der Nacht verbrachten wir dicht aneinander liegend. Dein Atmen vermischte sich mit meinem. Wir verschenkten uns

– durch uns hindurch. Mit allem, was wir waren. Mit allem, was wir sein würden, irgendwann.

Ich habe dich berührt. Dort, wo dein Innerstes den Himmel umfängt. Du hast gelacht. Ein Lachen, das auf meinem Gesicht seither nie mehr verloren ging. Dein Mund floss über, als ich dein Herz in das meine tauchte und du dein Gesicht meinem Innersten zugewandt hast.

„Ich liebe dich. Ich lieb dich so sehr", hast du immer wieder gesagt.

Und ich küsste dich für jedes ich, für jedes liebe und für jedes dich – überallhin.

Zwischen fremden Silberdaunen und vertrauten Herzensflügeln schliefen wir ein. Ich legte meine Hand auf dein Gesicht und trank mich satt an deinem Seelenzauber.

Mit ein bisschen Schlaf in deinen süßen Haaren und Nachblauenwärme hast du dich Stunden später wieder auf mich gelegt.

Unsere Herzen haben Wurzeln geschlagen in dieser Nacht.

Als die Sonne hoch am Himmel stand, hast du deinen schlaftrunkenen Mund ein letztes Mal auf meinen Bauch gedrückt. Ich habe deinen Kopf gestreichelt und deine Schläfen geküsst. Deine Schläfen, die immer so gut gerochen haben. Als ich dich lieben wollte, bist du hastig und etwas ungelenk aufgestanden und bist nach unten in die kalte Küche gegangen, um Kaffee zu kochen.

Als ich dich dann stehen sah, in der Küche, bemerkte ich die Abdrücke unserer Liebe noch auf deinem Mund, in deinen Augen. Im umarmte dich, von weitem. Ich umarmte dich, als ich mitten auf der Küchenschwelle stand. Im Stillen. Abermals und immer wieder. So dass du es nicht bemerktest.

Dann kam der unvergessliche Abend im Circo Nuovo „Fasano". Zirzensische Poesie aus Tanz, Theater und Musik entführte uns mit leichter Hand in ein fremdes Universum. Oder vielmehr in ein Paralleluniversum.

Wir befanden uns kurz in der Zukunft und blieben gleichzeitig in der Gegenwart stecken. Es war keine Reise in eine andere Welt.

Es gab uns zwei Mal. Einmal liebend vereint. Einmal getrennt und untröstlich.

„Ja, ja, ja, ich geh gleich schlafen. Ich geh gleich schlafen", sagte eine Frau, in einen weißen Pelzmantel gehüllt und mit roten Stiefeln, hoch oben im Zeltdach auf einer Schaukel sitzend. Sie schaukelte unablässig hin und her und ließ mit eigenartigen, singenden Begleitgeräuschen die am Boden umherturnenden Wesen nach und nach erstarren. Das Schaukeln im dunklen, tiefen Raum schien für die anderen bedrohlich. Ich erkannte die Frau erst am Schluss der Vorstellung. Es war Luzia.

Sie sagte eben diese Schlafesworte zu einem kleinen, nackten Mann, der einzige, der nicht erstarren wollte. Stattdessen schwamm er in einem durchsichtigen, großen Wasserbecken, das in blaues Licht gehüllt mitten in der Manege stand. Jedes Mal, wenn er auftauchte und Wasser in einem großen Bogen aus dem Mund spie, erwachte eine der erstarrten Figuren wieder zum Leben. Ein ungleicher Kampf zweier Welten. Die eine akustisch überlegen, wunderschön und nicht greifbar, die andere nackt, klein, hager und bleich, aber näher beim Geschehen am Boden.

Dann passierte alles gleichzeitig. An allen Ecken und Enden. Lautes Theater-Spektakel, sphärischer Musikteppich, atemloses Jonglieren mit silbern schimmernden Bällen und ernsthaft vorgetragenen Debatten in einer unbekannten Sprache hoch oben im Trapezhimmel.

Nach der Vorstellung spazierten wir still am Strand zurück zu unseren Autos. Und dann kam Pisa mit seinem Platz der Wunder.

Was für ein Neujahrsbeginn. Endlich konntest du mich verlassen. Mit kleinen Pirouetten zwischendurch. Pirouetten, die dich immer wieder zu mir zurückführen sollten. Wie ein hungriges Kind.

Die Zeit ohne dich. Die ist jetzt und hat begonnen vor einem Jahr. Stück für Stück füge ich sie zusammen. Summe Baukastenlieder. In unendlich variantenreichen Melodien baue ich die Zeit zusammen und erinnere mich dabei an diesen schönen Frühlingsabend, an dem du mich hitzig küssend verlassen hast, weil du noch rasch weg musstest.

Du hast dich vor meinem Haus in das wartende Auto einer Frau gesetzt, die deine Geliebte werden sollte in dieser Nacht.

Wir waren glücklich. Unbezwingbares Glück.

Heute bin ich es nicht mehr. Mit dir.

Und trotzdem koche ich für dich, wenn du zu mir kommst. Trotzdem schlafe ich mir dir, wenn du mich besuchst. Mich deine eiligen Blitzbesuche in einen Garten führen, in dem Lichter brennen, die sich kugelgleich durch meinen Körper drücken. Mich von innen her zum Leuchten bringen. Kurz nur. Aber immerhin: Es leuchtet. Du kommst, greifst in mich und verschwindest wieder.

Und manchmal sagst du dann: „Ich liebe dich."

Heute schlafe ich einfach mit dir, ohne deinen Mund verschließen zu wollen. Heute dringt die ganze Welt zwischen uns, wenn wir miteinander schlafen. Und alles, was uns früher so innig verbunden hat, wird bei jeder deiner harten und eiligen Bewegungen kleiner und unsichtbarer, bis es schließlich ganz verschwunden ist.

Früher hielt ich den Atem an, wenn wir uns küssten. Ich wollte ganz still sein. So dass eben nichts von der Welt um uns herum zwischen uns dringen konnte.

Ich sitze immer noch da zwischen Hunderten von Briefen und bin ganz betrunken von all den ungeheuerlichen Liebesworten. Ein wehmütiger Klangteppich, gewoben aus den Liedern unserer gemeinsamen Zeit, schwingt durch den Raum. Ich sollte Abschied nehmen von dir. Gleich morgen.

„Na, was meinst du?"

Du drückst mich an dich. Rote Wangen und ein bisschen Schweiß unter den Armen. Es ist ja auch so heiß.

„Du willst mit mir wegfahren?“, frage ich unsicher.

„Ja. Sag ich doch.“

Barcelona. Drei Tage, zwei Nächte.

Ich höre mich „ja“ sagen.

Du umarmst mich. Und ich erinnere mich an die stürmischen, sehnsuchtsvollen Nächte, in denen unser Flüstern und unsere Seufzer das dunkle Zimmer erfüllten. Nächte wie schwere, dunkel glänzende Regentropfen, die langsam von der Decke fielen. Und dann brach der Himmel entzwei. So war das mit uns. Früher.

Heute hole ich die Fahrkarten. Morgen steigen wir in den Zug nach Barcelona. Übermorgen zeigst du mir eine fremde Stadt. Es ist anstrengend, mit dir zu reisen. Das alles denke ich.

Herzklopfzugfahren. Ich bleibe wach die ganze Nacht und freue mich wie ein kleines Kind, weil du neben mir schläfst, engelfedergleich und gedankenlos.

Wir könnten miteinander schlafen, überlege ich wagemutig, verwerfe den Gedanken aber gleich wieder. Lieber träume ich, dass ich in deinem Herzen geboren bin. Denn das wünsche ich mir, seitdem ich dich kenne. Ich wünsche mir auch diese Nacht herbei. Die erste Nacht, in der wir uns nur festhielten. Unfassbar da liegend, auf dem vielen Glück.

Der Zug rattert, wir fahren durch die Nacht.

Ich neige mich über den Mittelgang des Schlafwagens, streichle dein Gesicht, wünsche mir die Nacht herbei.

Barcelona empfängt uns in seinem viereckigen Bahnhofsschlund im Westen der Innenstadt. Schnell entkommen wir dem grauen Maulwurfsbau und eilen mit unseren Reisetaschen dem warmen Licht der alten Stadt entgegen.

Wie sie sich an ihren Hausberg kuschelt. Ein fröhliches Mischmasch verschiedener Baustile, palmengeschmückte Plätze, an jeder Ecke eine Sehenswürdigkeit, fliegende Händler, Künstler und Vogelverkäufer.

Eine ganze Straße voll – die „Rambla del Ocells“. Unzählige Käfige mit kreischenden Vögel und mitten darin wir.

„Wollen wir sie alle kaufen? Und freilassen? Das ist ja unglaublich.“

Dein Entsetzen über diesen ehemals populären und repräsentativen Zeitvertreib ist grenzenlos. Es ist elf Uhr. Zeit für einen Aperitif, so finde ich und nehme dich bei der Hand. Txakoli. Ein erstes Glas dieses trockenen, leicht schäumenden Weines aus dem Baskenland, vom Kellner aus einem Meter Höhe direkt in unsere Gläser gegossen.

„Dem Aroma wegen?“, fragst du ihn in schlechtem Spanisch und er nickt.

„Wein lüften? Ich bitte Sie. Doch nicht so.“

Der Kellner nickt abermals und schenkt nach. Wir prosten uns zu.

## 2. Treffen

Ich bin spät dran. Hetze durch die Stadt. Ein bisschen in freudiger Erwartung, dich zu sehen. Nach einem weiteren Jahr. Wir haben uns in einem Restaurant verabredet. Früher, da wäre ich gesprungen, ja geflogen. Heute spaziere ich, gerade so schnell, dass meine Gedanken bei dir bleiben können. Gerade so, dass mein Bild, mein letztes von dir, sich nicht im Straßengetümmel auflöst.

Jetzt ist es soweit. Jetzt quälen mich keine An-dich-Gedanken mehr. Nur das Bild deiner Augen, die, wenn sie mich erblicken würden, meinen Seelenfrieden aufspießen könnten, schwebt manchmal in stillen Stunden zwischen dem letzten Sonnenstrahl und dem ersten Sternenfunkeln durch die offenen Fenster meiner Wohnung und legt sich geräuschlos auf mein Kissen.

Barcelona liegt wie ein großer toter Engel hinter uns. Es waren drei Tage und zwei Nächte, die mich glückselig gemacht hatten. Und dich auch. Wir waren eins, und dann wieder zu zweit, gingen Hand in Hand über die schönsten Plätze der Stadt, schrieben Karten, tranken Eiskaffee und lächelten uns immer wieder zu. Am Nachmittag gingen wir schwimmen, aßen mit sandklebrigen Fingern und nassen Haaren Pizza am Strand, tranken Bier in dunklen Bars und waren frühmorgens bereits wieder in der Markthalle unterwegs.

„Barcelona ist meine Lieblingsstadt. Ab sofort", hast du mir an einem üppig beladenen Fischstand gesagt, dabei die Fischfrau nett und lange angelächelt, die Jakobsmuscheln bezahlt und mich dann an die Hand genommen.

„Ich koch uns jetzt etwas. Du magst doch Jakobsmuscheln so gern, oder? Wollen wir nach Hause gehen?" Wir ließen die Fischfrau hinter uns.

Unser temporäres Zuhause, eine kleine Dachwohnung mit Terrasse in einem schlanken, hochgewachsenen Haus, in einer Querstraße der Rambla.

Die Terrasse war leicht abschüssig. Wir hatten einen wunderbaren Blick über die Stadt und auf den Berg Montjuic. Kurz nach dem Aufwachen und immer vor dem Schlafengehen saßen wir auf der Terrasse, auf ausgeblichenen, billigen Plastikstühlen an einem grauen, aufgerauhten Tisch und aßen, zum Beispiel, die von dir zubereiteten Jakobsmuscheln an Pasta mit viel Knoblauch und frischen Tomaten.

Die halbvollen Rotweingläser stellten wir nach dem Abendessen auf das wackelige Nachttischchen, das von vielen Wasserspuren gezeichnet war, und lasen uns gegenseitig aus dem Fremdenführer vor. Mitten in der Nacht, lange nach dem Gutenachtkuss, doch Stunden vor dem Morgengrauen, wachten wir auf und liebten uns in dem alten Bett, dessen Matratze das Zuhause unzähliger Milben-Kolonien war.

Du hast gelacht: „Dein Sauberkeitswahn beängstigt mich. Du wirst neurotisch." Aber dein Lachen war liebevoll.

Wir waren glücklich.

Auf der Rückreise wurdest du still. Deine zärtliche Zugewandtheit, deine aufmerksame Hellhörigkeit und deine bewahrenden

Worte in der Nacht zuvor schwanden einem eigentümlichen Schattendunst. Es war, als ob Barcelona dich nicht mehr freigeben wollte. Die große, alte Stadt wandte sich mit dem Rücken zu mir und hielt dich in ihren Fäusten gefangen, als wir mit dem Nachtzug langsam aus dem Bahnhof fuhren. Schweigend saßen wir uns gegenüber und blickten hinaus in das dunkle, vorbeiziehende Niemandsland zwischen Barcelona und der Schweiz.

„Hast du viel zu tun im Job?", versuchte ich unser eben noch wildes, schönes und verliebtes Hand-in-Hand-Geplänkel aufrechtzuerhalten. Du hast die Gelegenheit dieser Belanglosigkeit sofort ergriffen und mir von den geplanten Bucherscheinungen im Bereich Architektur, deinem Fachgebiet, vorgeschwärmt. Was mir blieb, war interessiertes Nicken und engagiertes Nachfragen.

Ich ahnte es. Jetzt gehst du. Fort von mir und endgültig. Ich hatte keine Chance gegen deine alte Angst, gegen frische, freie Herzen, die auf dich warteten. Barcelona sollte, nach Casoli, eines deiner letzten südlichen Almosen an mich sein.

Ich stoße die schwere Holztür des Restaurants auf, trete ein und erblicke dich sofort in einer Ecke sitzend, vertieft in eine Zeitung.

„Hallo", sage ich und küsse dich links und rechts auf die Wangen.

„Hallo du."

Du freust dich. Das sehe ich. Und ich freue mich auch, aber so, dass du es nicht siehst. Das Restaurant ist voll. Lärmende Kinder und aufgeregte Mütter sowie hilflose Väter versuchen dem freien Sonntagnachmittag etwas Familienglück abzutrotzen. Und wir mitten drin. Es ist laut. Aber du bist ja da, und so fühle ich mich augenblicklich wohl.

Wir reden. Über dies und das, Gott und die Welt und dann ein bisschen von uns. Zaghaft und schüchtern. Ängstlich und immer darauf bedacht, keine falsche Bewegung zu machen. So, dass diese zitronenfaltrigen Zärtlichkeiten in unseren Augen nicht erschrocken davon fliegen.

„Endlich ist Gras über die Sache gewachsen", sagst du. „Wir haben es geschafft."

„Was für Gras? Über welche Sache? Und was haben wir geschafft? Ich habe dich von mir ferngehalten. Das ist etwas anderes, als Gras über eine Sache wachsen zu lassen", gebe ich dir etwas harsch zur Antwort.

„Ich hab mich so gefreut, dich zu sehen. Bitte hör auf, so zu reden. Bitte."

Doch ich fahre unbeirrt fort: „Was für eine Sache meinst du denn? Unsere Liebe? Deine Liebe zu mir, die du mir in den letzten zwei Jahren trotz zahlreicher Liebschaften in deinem Bett immer wieder versichert hast? Oder meine Irritation über den Herrn Gastprofessor, der dir in der Sauna einen Heiratsantrag gemacht hat, obwohl er wusste, dass wir zusammen sind? Gerade mal fünf Monate. Herrgott! Man geht nicht mit dem Gastprofessor in die Sauna. Jedenfalls nicht mit diesem. Meinst du das mit ‚Sache'?"

„Das war doch nur eine dumme Wette, die ich verloren habe. Bitte, mach doch nicht alles kaputt", höre ich deine Stimme durch eine Wand voller Angst. „Wir haben es geschafft, trotz allem. Wir haben es geschafft, unsere beiden Leben in einer liebevollen Freundschaft zu verbinden. Und ich bin so froh darüber. Immer noch. Ich bin so froh, dich nicht verloren zu haben", sagst du leise.

Du redest weiter. Und deine Worte werden immer liebevoller.

Ich schlucke die aufkeimenden Zärtlichkeiten hinunter, trinke einen kühlen, süßen Weißwein und lausche heimlich meinem Herzflattergetöse. Angstvolle Erinnerungen vereiteln geschickt jedes Liebewort, jeden Gedanken, alles Sehnen. So dass nichts von mir dir wirklich entgegentritt.

„Darf ich dir eine Geschichte vorlesen?“, fragst du unvermittelt. Noch bevor ich dir antworten kann, schlägst du vor, nach draußen zu gehen.

„In die Sonne, weißt du. Wir könnten runtergehen an den Fluss. Uns dort einen schönen Platz suchen.“

Wir marschieren Richtung Flussufer. Wissen nicht so recht, wie wir nebeneinander herlaufen sollen. Arm in Arm, wie gute Freundinnen das tun, oder mit den Händen in den Hosentaschen. Unsicher laufen wir nebeneinander und passen uns jeweils dem Schritt der anderen an.

Ich versuche, so große Schritte wie du zu machen, damit es wie früher ist, als wir Hand in Hand durch die Gassen, durch den Sommer, Winter, Herbst und Frühling gingen.

Als wir eine freie Bank finden, faltest du ein großes Bündel Papier auf und fängst an zu lesen.

„Die Nacht vor dem Fenster.“

„Halt, halt, halt!“, stoppe ich dich. „Das ist altes Zeugs. Was soll das denn jetzt?“

„Bitte, lass mich doch. Ich habe es vor einigen Wochen beim Aufräumen wiederentdeckt. Ich möchte es dir vorlesen. Darf ich?“

Ich nicke ergeben und möchte mir die Ohren zuhalten. Kenne ich doch jede Zeile, jedes Wort dieses Briefes so gut. Ein Brief, den ich dir vor langer Zeit geschrieben habe.

„Einsames Hundegebell in den leeren Gassen. Deine Hand auf meiner Stirn wischt den Schweiß weg. Wir sind wach und blicken auf die kahlen, weiß getünchten Wände und auf das dunkle Meer. Das Meer, das in seinem sandigen, erdengroßen Beet liegt, leise gurgelt und sich zwischen den Ufern ölgleich hin und her wiegt. So, als ob es sich selber trösten würde.“

Du hältst inne: „Darf ich weiterlesen?“

„Ja, bitte. Aber sag, warum tust du das?“

„Du erinnerst dich doch, oder? Das hast du mir geschrieben. Vor Jahren. Bitte lass mich weiterlesen.“

Ich nicke und erinnere mich an jedes Wort dieser erfundenen Erinnerung. Du bist so zart geworden, denke ich.

„Weiter draußen im Meer ist das Wasser so blau wie der schönste Himmel. Und tiefer, als alle Berge aufeinandergetürmt hoch sind. Manchmal bade ich darin. Frühmorgens, so dass ich dich nicht aufwecke. Wenn ich zurückkomme, hängt das Haar mir nass ins Gesicht und mir schlottern die Knie. Dann wachst du auf und stellst Fragen. Warum mir so kalt sei. Und dann wärmst du meine Hände und umschlingst mich ganz, so dass die Kälte sich schmollend in die Ecke verzieht und uns mit listigen Augen beobachtet.

Wir wachen auf, traumbehangen, und essen das Frühstück, bevor ein langer Spaziergang am Ufer uns endgültig wieder trennt. Früher am Meer sind wir immer zum Wasser gerannt. So wie die Kinder das machen. Du sahst aus wie eine Königin. Aber das habe ich dir nie gesagt. Unser Schweigen heute ist nicht schlimm, weil wir uns alles gesagt haben. Alles Neue, das sich hinter uns bewegt, ist wie ein kleiner, unruhiger Vogelschwarm, der dem Himmel seine stille Unendlichkeit nimmt. Manchmal schnattern wir mit. Nur so aus Spaß und Ausgelassenheit. Wir liegen im Sand und fühlen uns wie Königskinder.

Dein Atem, den ich immer hören kann, ist mein Zuhause. Ich lege meine Hand auf deinen Hals und denke nichts mehr. Die Vergangenheit hat uns getrennt, die Zukunft liegt vor uns wie ein langer, roter Teppich. Gestern war letztes Jahr."

Du schaust auf, mir direkt ins Herz. „Das hast du alles geschrieben. Weißt du noch?" Du lächelst und bist so schön dabei.

„Es ist schwierig, die Vergangenheit ruhen zu lassen, wenn man sie durch das Hintertürchen reinlässt. Aber ja, ich erinnere mich. Natürlich erinnere ich mich", antworte ich. Und dann gehe ich nach Hause. Lasse dich, mit einem meiner papierenen Liebesbündel auf deinem Schoß stehen. Froh, diesem Mund, den ich am liebsten wieder küssen möchte, zu entkommen. Erleichtert, vor dieser frischen Zärtlichkeit flüchten zu können.

Ich laufe kopfschüttelnd nach Hause. Warum du das wohl tust? Unsere Sehnsuchtsbezeugungen nach diesen Glanzzeiten wie Pergamentrollen vor uns auszubreiten und mit dem Finger auf das ein oder andere Erlebnis zu zeigen? Soll dein Siegeszug um mein Herz wieder von neuem beginnen? Erträgst du meine Freiheit nicht? Die Freiheit, die mir erlaubt, mit Frauen ins Bett zu gehen, die ich ein paar Stunden lang begehren kann. Dieses Freiheitsgefühl, das sich wie eine Brausetablette in mein Leben wirft und das mich wieder zur Herrin meiner Gefühle macht. Ich tauche ein. In diese kurzlebigen, rotweingetränkten Erlebnisse, bevor ich dann, nach ein paar Stunden verzweifelter Suche in fremden Kissen und nach schrecklich faden Küssen, ermattet, müde und traurig, weil du nicht da bist, von diesen fremden Betten aufstehe und durch die stillen Straßen nach Hause gehen.

Ein Sonntagmorgen ohne dich.

Zu Hause angekommen, bündle ich Zeitungen. Das tue ich oft, wenn ich erschöpft bin. Geschäftiges Zeitungsbündeln an einem Sonntagabend, dazwischen Spaghetti und ein Glas Wein. Ich trage sämtliche Bündel runter auf die Straße und türme sie alle fein säuberlich nebeneinander auf.

Dann lasse ich mir ein Bad ein, als das Telefon klingelt.

Ich sage „Hallo“ und weiß augenblicklich, dass du es bist.

„Ich bin's.“

„Ja. Ich weiß. Ich weiß.“

Ob alles in Ordnung sei, willst du wissen? Und dann schlägst du mir vor, das kommende Wochenende in den Bergen zu verbringen. Als Auftakt einer neuen Zeit. Ich sage ja und weiß sogleich, dass das Glück, das mir jetzt durch die Adern strömt, mich wieder zurückwirft.

Montagmorgen. Eiliges Hin und Her. Über Mittag verschlinge ich einen Sandwich vor dem Computer. Es klopft. Katrin, die

Sekretärin, kommt herein, beklagt sich über die Neue in der IT-Abteilung, wie pampig die doch sei, und ich verspreche ihr, die Neue nach der Teamsitzung anzusprechen.

Mit sicherem Gespür und schnellem, intuitivem Erfassen haben mein guter Freund Oliver und ich die Geschäftsidee einer Personal-Assistent-Firma umgesetzt. Wir bieten unkomplizierten und flexiblen Alltagsservice an und haben einen alten Beruf neu erfunden: den Butler. Im Zeitalter der Doppelverdiener mit Kleinstfamilie, Freiberufler und Selbstständigen, die im Home-Office oder mit mobilen Arbeitsplätzen unterwegs sind, bleibt keine Zeit mehr für das Wechseln der Winterreifen, das Zusammentragen wichtiger Dokumente für die Heirat, die Geschenke für den Muttertag, die RAM-Aufrüstung des Computers, die Installation des W-Lan.

Also übernimmt unsere Crew zeitraubende Arbeiten. Wir beschäftigen neben dem Kernteam auch Studierende, Teilzeitangestellte im Informatikbereich, Rentner, Hausfrauen und Arbeitslose.

„Kannst du denn davon leben?", lautet die immer gleiche verständnislose Frage meiner Mutter. Und Vater kontrolliert als pensionierter Treuhänder gewissenhaft die Bilanz und klopft dann zufrieden auf meine Schulter, was meine Mutter ungemein beruhigt.

„Mama, schau, es hat wieder geklappt", sag ich dann jeweils und drücke sie kurz an mich.

„Oliver, Katrin kommt nicht klar mit unserer IT-Frau, was ich sehr schade finde. Denn ich finde sie toll. So unerschrocken, immer geradeheraus. Klar."

„Und sexy", lächelt mein Partner unergründlich vor sich hin.

„Das ist mir entgangen."

„Und kompetent."

„Sehr."

„Also, was tun wir?"

„Wir gehen Bier trinken."

„Mit den beiden?"

„Genau. Heute Abend. Unten im ‚Hirschen'".

„Mit Essen?"

„Mit Essen. Ich reservier gleich einen Tisch."

Damals konnte ich noch nicht wissen, dass Katrin und Babette die besten Freundinnen werden sollten. Das Feierabendbier war gewissermaßen die Taufe einer innigen Freundschaft zwischen den zwei ungleichen Frauen. Katrin, stets in eine Wolke aus „L'air du temps" gehüllt, 58 Jahre alt, Mutter zweier erwachsener Söhne und Witwe. Und Babette, parfumlos, auf dem rechten und linken Arm mit nicht entzifferbaren Buchstaben tätowiert, 28 Jahre alt, hellblonde Kurzhaarfrisur, in einer WG lebend, ohne feste Beziehung.

## 3. Treffen

Der Zug hält. Da, wo wir aussteigen, fängt unser neues Leben an. Wir packen in eiliger Hast die Wandersachen zusammen, springen aus dem Zug, steigen in einen großen, leeren Bus und fahren unserem Ziel entgegen. Wir reden nicht miteinander. Es ist, als ob ich nicht mehr wüsste, wie man spricht. Mit dir, jetzt in diesem neuen Leben.

Am Abend, nach einer schönen Wanderung, sitzen wir im Kerzenschein an einem verwitterten Holztisch, essen Pasta an Limonensauce und trinken Rotwein. Der stumme Tag gleitet über in einen zaghaften Dialog, der sich um die Liebe dreht, um Abschied, um Schmerz. Um uns.

Du und deine schönen Hände. Gerne würde ich sie an meinen Mund drücken. Einfach nur, damit ich mich festhalten kann. Mit einem kleinen Handkuss festhalten. Die Nacht ist wie dunkler Staub, der sich auf die Terrasse der Gaststätte legt. Wir sehen uns in die Augen oder dahin, wo wir die Augen der anderen vermuten, und trinken einen Cointreau. Das ist hier in der Gegend üblich. Wir trinken Cointreau, lauschen dem Zirpen der Grillen und dem Rauschen des Flusses.

Nachdem du zu Bett gegangen bist, mache ich Fotos vom Eingang der Gaststätte. Erinnerungen für später, wenn wir, alt und grau geworden, unsere runzeligen Gesichter der Sonne entgegenstrecken, denke ich trotzig.

Wir zwei auf einer Holzbank in unserem Garten sitzend, in dem sich Gänseblümchen an die warme Hausmauer drücken und kleine Wildrosen bis hinauf zum Dach wachsen. Das Haus, dessen Fenster in Vollmondnächten sanft schimmern. Oder vielleicht würde er auch geradewegs auf unser Bett leuchten, der Vollmond. Der Ort, wo wir uns seit Jahren, Nacht für Nacht suchen und finden. Da, wo wir dicht aneinander gedrängt dem Morgen entgegenschlafen. Und da, wo sonst gar nichts ist, außer unser ruhiges Atmen und dein Herz, das neben dem meinen schlägt. In Nächten, die glühen und zittern zugleich und Engelshauch in unserem Haar uns langsam älter werden lässt. Da, wo ich immer neben dir liege, dein Gesicht streichle und manchmal heimlich ins Kissen weine vor lauter Glückseligkeit.

Der Morgen am Frühstückstisch. Ich hätte Kaffee gekocht und Brot gebacken. Dein Mund, vertrauter Rosenmund, dein süßer Atem in meinem Nacken. Unsere Hände, die sich erinnern, selbst nach all den Jahren. Sich erinnern an jedes Liebeswort. Unsere Hände, die wie Schmetterlinge mit silbernen und perlmuttfarbigen Flügelschlägen vertrautes Liebesglück wie Rosenblätter in unserem Haus, in unserem Garten verteilen. Da, wo eben die Rosen das Haus zudecken, die Gänseblümchen sich an die Hausmauer drücken, da wo die alte Holzbank ist. Da, wo wir sitzen würden. Du die Brille auf der Nase, lesend. Ich in Gedanken versunken in die Sonne blinzelnd.

Ich stehe auf, gehe hoch in unser Zimmer und küsse dich, du Schlafende, auf die Wange. Dich festhalten jetzt wäre wunderbar. Aber mein Herz wäre nur ein unstillbarer Wirbelsturm. Ich lösche das Licht und lege mich neben dich, so dass nichts von mir dich berührt.

Ich liege mit offenen Augen im Bett, lausche deinen regelmäßigen Atemzügen und denke, dass es mir nie gut bekommen ist, dich zu lieben. Dein Ein und Alles, das sagt man doch so, dein Ein und Alles wollte ich sein. Jeden Tag. Im Bett, zu Tisch, beim Einkaufen, auf der Straße, im Kino. In deinem Kopf. Vor drei Jahren genau so wie gestern. Und heute.

Ich rutsche ganz an den Rand des Bettes und versuche einzuschlafen.

Früher Morgen in einem fremden Bett. Ich liege wach. Du schläfst noch. So war es immer. Ich schaue dich an und merke, wie ich deinen unbeteiligten Schlaf kaum ertrage. Dein Schlaf, der dich beschützt. Dein Schlaf, der dir auch am Tag die Hand reicht. Ich will schon nach der Decke greifen, um deine nackten Schultern zuzudecken, als sich ein leiser Ärger bemerkbar macht. Die wehmütige, nostalgische Rührseligkeit von gestern Abend bröckelt in der Morgendämmerung dahin. Ich stehe ernüchternd am Bett und schaue auf dich hinunter.

Weder ein neuer, geschickter Schachzug der grausamen Königin in deinem Herzen, noch eine weitere unbedachte Bemerkung aus deinem Mund, ein unpassendes Lachen, eine opulent inszenierte Zurückweisung oder eine deiner Nähe-Distanz-Nummern lassen mich einen großen Schritt vom Bett zurücktreten. Es ist dein Schlaf, dein ruhiger, tiefer, langer und unbeteiligter Schlaf, der mich wütend macht.

Ich hinterlasse dir eine kleine Notiz, dass ich draußen frische Luft schnappen wäre, trete aus dem Zimmer, dann auf die Veranda und spaziere hinaus in den frühen Morgen.

„Das ist prima, das ist gut“, höre ich Elsas ruhige, warme Stimme durch mein Mobiltelefon. Ich stehe im Wald, der das kleine Hotel umgibt, unter taunassen Bäumen, und versuche die Verbindung zu Mutter Vernunft, meiner alten Freundin, Elsa, aufrechtzuerhalten. Elsa, die sich um mich und alle kümmert, wenn es drunter und drüber geht. Elsa, die gütig und großherzig nach dem Rechten schaut, wenn die Welt sich aus den Angeln hebt. Elsa, die soviel Großmut und Liebe verschenkt und selber so rührend schüchtern ist. Dann zum Beispiel, wenn man ihr Blumen schenkt oder ein Buch. Oder wenn man sie in den Arm nimmt, weil sie traurig ist und weinen muss wegen Patrizia. Elsas große Liebe, die vor fünf Jahren während einer ihrer Wein-Reportagen im Piemont, mitten am helllichten Tag, es war um die Mittagszeit, auf einer kaum befahrenen Straße ums Leben kam.

„Ich will wieder mir gehören, Elsa", sage ich zum wiederholten Male, als die Verbindung abbricht und ich alleine im Wald stehe.

Heute in einer Woche hast du Geburtstag. Und wieder wird es eine Sternschnuppennacht sein. So wie immer, wenn du Geburtstag hast.

Mitten im August. An deinem letzten Geburtstag war ich auch dabei. Unzählige Sterne fielen vom Himmel. Es war nichts Besonderes mehr, und trotzdem haben wir alle fleißig Sternschnuppen gesammelt.

Ich erkannte sogleich deine neue Freundin, die lässig am Feuer stand, mit Trägerhemd, groben Schuhen und schiefem Mund. Die mir ein Bier entgegenstreckte, kaum hatte ich mich zur Geburtstagsrunde ums Feuer gesellt. Ich war ein bisschen spät; alle anderen Gäste hatten schon ihre Grilladen auf dem Feuer. Die warnende SMS von Kristin, dass du „offensichtlich eine neue Gefährtin" gefunden hättest, hatte ich nicht mehr lesen können, als ich mit meinem Auto das letzte Stück des holprigen Waldwegs entlangfuhr, der mich zu deinem Geburtstagsfest führen sollte.

„Bitte, bitte, komm. Ich will nicht ohne dich älter werden", hattest du mit eiligen Buchstaben auf die Rückseite der offiziellen Einladungskarte geschrieben, die ich zwei Wochen vor diesem Fest in meinem Briefkasten fand.

Ich trat zu dir hin. „Viel Glück", war das Einzige, was ich sagen konnte.

Und: „Schau. Ein kleines Geschenk. Ich hoffe, es gefällt dir." Ich drückte dir das Päcken in die Hand, das ein Buch enthielt, welches wir in Casoli nicht ganz bis zum Schluss gelesen hatten. Ich hatte mir das Happy End der Geschichte zwischenzeitlich einverleibt.

„Die Widmung ist ... nun ... vergiss die Widmung", klärte ich dich verlegen auf.

Du hast dich bedankt, mich an dich gedrückt. Ich konnte deinen rotweingeschwängerten Atmen riechen und deinen puderigen Duft am Hals, der sich sogleich auf mein Herz legte.

Sachte löste ich mich aus deiner zärtlichen Umarmung, als sich das Trägerhemd von ihren und deinen neuen Bierdosen-Freundinnen wegbewegte und sich zu uns gesellte, ihren Arm um deine Schulter legte und ihre Zunge in dein Ohr steckte.

„Mein Gott, bist du ein Waschlappen", zischte Kristin, als ich mich erschöpft von deiner Umarmung ans Feuer zu meinen Freundinnen setzte. „Wo ist deine Entschlossenheit, deine Klarheit, deine Stärke geblieben? Wo um Gottes Willen bist du uns verloren gegangen?"

Janas Stimme setzte ein: „Hör endlich auf, dich zur Närrin zu machen. Sie hat eine Neue. Und auch wenn sich unschwer erkennen lässt, dass sich diese neue Bekanntschaft nicht längerfristig auf das Leben deiner Ex auswirken wird, ist jetzt die Zeit gekommen, dass du zur Vernunft kommst. Denn wir haben die Nase voll, weißt du. Seit Monaten unternehmen wir alles, einfach alles, um dich auf andere Gedanken zu bringen."

Ich hielt mir die Ohren zu, trank ein drittes Glas Rotwein und schaute dir zu – aus der Ferne im Schatten des umsorgenden Redeschwalls meiner und deiner alten Freundinnen saß ich da und schaute dir zu.

Du schienst glücklich. Vielleicht weil ich da war. Hast dich an das Trägerhemd gekuschelt und nebenbei die Geschenke aufgerissen. So auch meines, das sogleich von deiner neuen Gefährtin mit schnellen Augen auf verborgene Liebesworte durchforstet wurde. Sie verstand die Widmung nicht, und die auf der letzten Umschlagseite beschriebene Essenz rauschte an ihrem Bierdosenhirn klanglos vorbei.

Ich habe dir zugesehen, wie du Melodien in ihr Ohr gesummt hast, die ich gut kenne. Du hast ihre blonden Haare im Nacken gekrault. Seit wann stehst du auf blond? Du hast sie zärtlich in den Hals gebissen. Vor unser aller Augen.

Kristin und Jana gaben ihre Rettungsversuche auf und schwiegen demonstrativ in ihre heißen Instantkaffee-Tassen.

Nichts ist schlimm, alles ist gut, habe ich mir fortwährend selber zugeflüstert. Alles vergeht. Alles wird gut. Gar nichts ist schlimm. Gar nichts. Morgen ist es vorbei. Morgen ist alles wieder gut.

Dann bin ich aufgestanden und gegangen. Ich habe dich auf die Wange geküsst und konnte nichts mehr verbergen.

Nach diesem Geburtstag wurde ich bescheiden. Eine unerklärliche Gleichgültigkeit machte sich in mir breit. Egal, mit wem du ins Bett gehst. Egal, mit wem du frühstückst, deine Sorgen besprichst. Egal, wem du die Hand gibst – egal. Es muss nicht sein, dass du an einem Sonntagmorgen in meinen Armen aufwachst. Mir dein Lachen schenkst. Mich wach küsst. Es reicht doch zu wissen, dass wir zusammengehören. Die Königinnen-Hochzeit wird eine Hochzeit im Himmel sein.

Nächste Woche wirst du also wieder deinen Geburtstag feiern. Ich marschiere zurück, durch den Wald. Zu dir. Zu unserem letzten gemeinsamen Tag. Du scheinst immer noch zu schlafen. Auf der sonnigen Terrasse ist das Frühstück aufgedeckt. Ich möchte auf dich warten, das Drei-Minuten-Ei in deiner Gegenwart pellen, den Milchschaum mit deinem Zuckerlöffel unter den Kaffee rühren. Ich möchte mit dir reden, während ich mir ein erstes Marmeladenbrötchen schmiere und die Sonntagszeitung lese.

Irgendwann tauchst du auf. Wie eine frisch gepflückte, gelbe Sommerblume siehst du aus. Du setzt dich neben mich, schaufelst Unmengen von Müesli in dich hinein und erzählst mit Lachen im Gesicht deinen Traum, den ich so genau nicht wissen will, weil ich nicht darin vorkomme.

Du sitzt mir gegenüber, ein kleiner Tisch mit den Überresten des Frühstücks zwischen uns, deine nackten Füße, die die meinen berühren, wohl zufällig, aber immer wieder, jagen mir Schauer über den Rücken. Wie können solche unbedachten Berührungen mich innerhalb Sekunden der Sprache berauben und den Ärger über deinen seligen Schlaf verblassen lassen?

Die ermunternden SMS-Nachrichten von Elsa zu meiner wieder gefundenen Courage, dich nicht mehr zu mir und dich nicht mehr in mich zu lassen, bleiben als digitale, ungeöffnete Briefchen und später als ungelesene und gelöschte Nachrichten in meiner Hosentasche.

Nach der dritten Tasse Kaffee habe ich mich wieder der Sprache bemächtigt und unterbreche deine endlosen, wirren Traumerzählungen mit der Erzählung meines Traumes. Ein Traum, der gar kein echter ist, weil ich ihn gar nicht geträumt habe, sondern soeben erfinde.

„Wir waren am Meer. Im Norden. Am weißen Strand, der die grauen Wassermassen bis in den unendlichen Horizont hinein mit sandig-sanften Umarmungen begleitet. Der Strand, der nach heftigem Wellengang Hühnergötter freigibt, die dann von Strandbesuchern eifrig zusammengeklaubt werden. Sie sollen Glück bringen, diese dunkelgrauen, fast schwarzen Feuersteine mit einem durchgehenden Loch. Aber das weißt du ja. Auch wir sammelten solche Hühnergötter. Du hast mir weitere Natur-Kuriositäten erklärt, ich habe vergessen, was alles. Aber du hast mir alles erklärt, was ich wissen wollte."

„He“, sagst du bestimmt und blickst mich unverwandt an, „das ist eine schöne Geschichte. Sie kommt mir bekannt vor. So wie mir alle deine Geschichten bekannt vorkommen. Sie sind allesamt wunderschön. Sie gefallen mir. Ich liebe sie, deine Geschichten. Erzähl mir wieder welche. Jetzt. Bitte.“

Später sitzen wir nebeneinander auf einer blumenbesprenkelten Wiese, mitten in diesem Wald, in dem ich Stunden zuvor den Vorsatz gefasst habe, mich von dir zu befreien. Wir legen uns in den würzig-weichen Duft. Ein paar Schritte vor uns ein dunkler, träger Moorsee. Neben einer Flasche Rotwein, Brot, Käse und Dörrfrüchten liegt mein schwarzes Notizbuch mit eingeklebten Seiten voller Skizzen und Worte. Ich trage es immer bei mir.

„Was ist mit Afrika geschehen? Kennst du das noch? Unsere erste gemeinsam geschriebene Geschichte. Bist du bereit?“

„Klar“, sagst du mit diesem Sonnenlachen auf dem Gesicht und streckst dich in deiner ganzen Länge hin, so dass dein wirrer Lockenkopf in gelben und weißen Blumen liegt und deine Füße die Wasseradern des Moorsees berühren.

„Du berichtest nicht mehr von diesem verheißungsvollen Kontinent. Ist es, weil die ganze Welt sich verändert hat? Ist Afrika tot? Ich dürste nach Erzählungen. Ich sehne mich nach geheimnisvollen Märchenerzählern, die in wallenden Kaftanen am Lagerfeuer sitzen und heißen, süßen Tee trinken. Dinge erzählen, denen unsere Ohren nicht trauen können. Manchmal singen die Märchenerzähler auch. Von einem Tor mitten in der Wüste, das aussieht, als hätten hier vor langer Zeit Engel gestanden. Ihre Arme schützend über Neuankömmlinge gehalten, die federgewandeten Flügeln, vom heißen, trockenen Saharawind grau geworden.

Sie singen vom Sand, der immerzu vom Wind gezeugte, neue Wege gebärt.

Wir gehen hinein in die fremde Stadt und lassen uns durch die heißen Gassen treiben. Bis wir vor ein Haus kommen, dessen kühler, menschenleerer, stiller Innenhof zwei Dattelbäumen ein Zuhause ist.

Wir legen uns unter den einen Baum und essen vom anderen. Wir halten uns an den Händen und schauen uns an, so wie wir das immer tun, wenn wir uns lieben."

„Und dann wären wir wieder am Feuer in der Wüste", höre ich deine Stimme aus dem Gras. „Die Märchenerzähler hätten sich davon geschlichen und uns ihre Geschichten dagelassen, so dass wir sie lesen könnten. Im Schein der lodernden Flammen würden sich unsere Gesichter wärmen und hoch über unseren Köpfen würden Millionen Sterne vorbeiziehen ..."

„... die bis in alle Ewigkeiten um die Erde segeln würden", beende ich die Geschichte und schließe zufrieden lächelnd die Augen.

„Wir waren gut, was?", lachst du und ziehst mich hoch. „Komm. Lass uns schwimmen gehen."

Das dunkle, morastige Wasser sickert durch meinen Kopf. Ich tauche in die Dunkelheit. Im kalten Wasser werden die Gedanken klarer; wie eiserne, glatte und fensterlose Türme ragen sie vom Grund des Sees bis hinauf an das grüne, bemooste Ufer.

Die Zeit ohne uns in deinem Herzen hat dich verändert. Du schreibst nicht mehr solche Geschichten für mich. Stattdessen geben wir uns als Vorleserinnen die Mühe, lassen die Dörrfrüchte unserer Liebe im Mund zergehen und beobachten nach jedem Wort die Regungen der anderen. Ein wehmütiger Augenblick da. Ein Seufzer hier.

In einer Bergsommernacht haben wir uns ineinander verliebt.

„Nimm deine Zahnbürste mit", hörte ich mich mit überzeugender Selbstverständlichkeit am Telefon sagen, als ich dich, kurz nach der Rückkehr aus den Bergen, zum Essen einladen wollte.

Du bist zu mir gekommen. Schüchtern, mit Blumen in der einen und der Zahnbürste in der anderen Hand.

Weißt du noch, möchte ich dich fragen. Es waren Gerberas. Rote Gerberas. Ich war gehandicapt, wegen gezerrter Bänder, ging an Krücken und bewegte mich unbeholfen durch die Wohnung und durch den Garten, wo wir aßen. Irgendwann bis du aufgestanden und hast eine Decke geholt. „Du hast so kalte Hände", hast du gesagt. Ich versuche mich zu erinnern, wann sich unsere Hände berührt haben. Dann saßen wir lange im dunklen Garten und tranken süßen Mirabellenschnaps, bevor du dann zähneputzend, entspannt, aber unverhohlen neugierig durch meine Wohnung spaziert bist.

„So sieht das aus, wenn ich mir die Zähne putze. Gewöhn dich schon mal dran", hast du gesagt. Ich putzte meine Zähne dann unter der Dusche, alleine.

Und weißt du noch, als der erste Jahrmarkt kam? Der erste Schnee? Wie wir in den dunklen Gängen des mathematischen Instituts dem Karneval zuschauten? Wie wir uns küssten und ein bisschen Angst hatten, weil es in diesem großen, menschenleeren Gebäude so unheimlich war. Unter dem Fenster schoben sich unzählige Masken durch die engen Gassen, schwankten im Gleichschritt hin und her und versteckten ihre Alltagsgesichter und Alltagsgeschichten hinter ebenmäßigen, schönen, perfekten Masken.

In dieser Nacht träumte ich das erste Mal von dir.

Ich liege neben dir auf der moosbewachsenen Wiese am See, strecke meine nassen Glieder aus und schließe die Augen. Vielleicht schaust du mich verstohlen an und vielleicht wünschst du dir, mich zu küssen. Das denke ich. Liege da mit diesen scharfen Herzbrechgedanken und tue gar nichts, das dich ermuntern könnte, mir dein Gesicht zu zeigen, deine trockenen, warmen Kusslippen auf meine zu drücken, dich auf mich zu legen, dich zu bewegen, mit deinen langen Haaren mein Gesicht zu bedecken, deine Hände über meine Brüste fahren zu lassen, flüsternde Kosewörter mir ins Ohr zu hauchen, dein ganzes Ich auf das meine zu drücken, kraftvoll und zärtlich und in unserem alten

Rhythmus. Ruhig atmend, weich und zerbrechlich, auf mir liegend einzuschlafen.

Nichts tue ich. Mein Herz klopft wild durch die Rippen. Ob du es siehst, dieses ängstliche Flirren in meiner Brust, das mich so unbeweglich daliegen lässt?

Deine Stimme, die von irgendwelchen Dingen erzählt, die ich sogleich wieder vergessen möchte, dringt durch meine Haut. Ich wage nichts und bleibe liegen. Schlafe irgendwann ein, und als ich aufwache, sehe ich dich im See baden.

Jetzt in diesem schlaftrunkenen Zustand, wo sich Träume und Realität ineinanderverweben, werde ich mutig. Als du dann zitternd neben mir liegst, lege ich die Hand auf deinen Bauch.

Ich weiß, dass ein Kuss dich erschrecken würde. Meine Hand aber lässt du dir gefallen. Du streckst dich aus, mir hin und noch ehe ich etwas von dir spüren kann, drehst du dich wieder um. In eiliger Hast satt geworden, mit roten Wangen und einem Lächeln legst du dich schweigend auf den Bauch und versteckst dein Gesicht.

Du schläfst ein. Ich liege da. Mit einem Herzen, das aus der Brust hängt. Ich starre in den Himmel, betrachte diese unfassbare Grenzenlosigkeit, die meine Augen geradewegs aus dieser Galaxie führen. Wie schön das jetzt wäre. Den Rest von mir meinen Augen folgen zu lassen. Davonzukommen. Den Flecken Moos am Wasser mit dir draufliegend zu verlassen und leise hinauf ins Blaue zu schweben.

Du gibst dich einfach so her. Wortlos in einem einsamen Schlaf versunken. Früher, da musste ich dich immer ganz fest in meinen Armen halten.

Ich bin beschämt. Meine Sehnsucht nach dir lässt mich zur Herzenshure werden, lässt dir die Hand reichen, damit du dich kurz daran reiben kannst.

„Lass uns zurückgehen“, sagst du nach deinem seligen Schlaf. Wir marschieren durch den Wald zurück zum kleinen Hotel, sagen dies und das, aber eigentlich gar nichts. Du hast es vergessen. Diesen kurzen, hellen Moment der Verzückung, in dem ich so ganz nah bei dir war, dir zuschaute und dann die Augen schloss, um die zärtlichen Lawinen, die mich zu überrollen drohten, aufzuhalten.

Bei einem besonders großen Baum bleibst du stehen, drehst dich zu mir um und sagst: „Das ist doch toll. Das ist einfach toll. Weißt du."

„Was meinst du genau mit toll?"

Du breitest die Arme aus, die Sonne scheint auf deinen Bauch, lacht mit deinem Mund um die Wette. Du legst deinen Kopf in den Nacken, so dass du die Baumwipfel betrachten kannst. Gleich drehst du dich um die eigene Achse.

Ich trete zu dir, lasse meine Fingerspitzen zärtlich über deine warmweichen, blonden Wangenhärchen gleiten und frage dich flüsternd, angstvoll und mutig zugleich: „Sag schon. Was meinst du?"

Ein tiefer Seufzer entweicht deinem Mund. Wie ein Rabe mit kohlenschwarzem Flügelschlag erhebt er sich gegen den Himmel, fliegt hoch und davon, und noch bevor ich deinen Blick auffange, weiß ich die Antwort.

„Eben diese Freundschaft zwischen uns. Diese liebevolle Verbindung. Dass wir es geschafft haben, weißt du, dieser beengenden Zweierkiste zu entkommen und uns trotzdem ... weiterhin zu lieben. Irgendwie."

Und dann drückst du mich an dich, so kräftig. Mir tut alles weh. Tränenschlucken tut weh. Deine Arme um meinen Körper tun weh. Deine Worte dringen skalpellartig, rasend schnell durch meine Haut und werfen sich wie schmutzige Bakterienberge in meine Blutbahnen, in den ewigen Kreislauf meines Lebens. Hinauf zum Herzen und weiter zum Hirn, zurück zu den Füßen, vorbei am Bauch.

Endlich kann ich mich aus deinen Armen winden. Du hältst mich vor dich hin und betrachtest mich ein wenig spöttisch, wie mir scheint.

Ich schaue auf den Boden, bedecke meine Augen, mein Herz, meine Seele vor dir. Das Zittern sollte erst später anfangen. Zu Hause in Sicherheit.

Eine Ameisenstraße fixierend, versuche ich die nackte Ohnmacht vor dir zu verbergen. Mit tränenblinden Augen höre ich mich geschäftige Dinge sagen. Dass wir nun langsam weiterlaufen sollten, morgen sei ein anstrengender Tag. Ein Montag eben. Und du wüsstest doch, wie viel Arbeit ich hätte.

Brav läufst du hinter mir her, ein fröhliches Lied auf den Lippen, dessen Melodie du so erfindest und die mich noch lange begeleiten sollte.

Die Rückreise. Du blätterst in einer Hochglanzzeitschrift, verschlingst Schokoladenriegel und trinkst nach jedem Bissen gierig aus einer Feldflasche. Dem Spiegelglanz deiner Augen im Zugfenster weichst du geschickt aus. Schweigend fahren wir an der satten, grünen Sommerwelt vorbei. Bald, bald bin ich zu Hause. Und du zurück in deiner Welt, in der ich allenfalls als Fotorahmen in deiner Nähe sein darf.

„Es wird nicht weniger", sage ich zu Elsa. Am Boden liegend, das Telefon hart und fest an mein rechtes Ohr gedrückt. Damit ich den Schmerz auch da spüre. Am Ohr, dicht beim Hörnerv. Zum Glück sitzen meine Ohren am Kopf und nicht wie bei den Heuschrecken am Hinterleib. Oder wie bei den Mücken an den Fühlern. Okay, ich habe keine Fühler, aber einen Unterleib. Es gibt Eidechsen, die hören mit ihrem Brustkorb oder mit der Lunge. Meine Ohren sitzen ordentlich an meinem Kopf, und die Worte von Elsa dringen durch sie direkt in mich hinein, bleiben ein Weilchen in meinen Gedanken und verblassen dann innerhalb von Sekunden zu Erinnerungen.

„Es wird vorbeigehen.“ Elsas liebevolle Worte sind keine Neuigkeiten. Doch mich beruhigen die einfachen, mit sonorem, warmem Klang gesprochenen Nichtigkeiten.

Nach dem fünften pathetischen Jammeranfall meinerseits, bei dem ich die Herrlichkeit unserer Liebe statt nur deine Herrlichkeit in den Himmel hebe, unterbricht mich Elsa: „Komm zum Essen. Ich erwarte dich in einer Stunde. Es sind noch andere Gäste da. Also bitte fang nicht an zu fremdeln. Am besten, du nimmst dir ein Taxi. Es wird sicher spät. Außerdem: wir trinken Wein.“

Nun bin ich froh, etwas vorzuhaben. Nach einer langen, schlaflosen Nacht wirkt diese Einladung belebend und erfrischend. Zwar ist der Badezimmeraufenthalt kurz und auch der Garderobenwahl schenke ich nicht viel Zeit. Aber das bisschen Geschäftigkeit fließt eifrig, einem Rinnsal gleich, durch meinen Körper, und die beschleunigten Körperbewegungen dringen bis kurz vor die starren Herzwände.

„Du hast sie doch verlassen. Oder habe ich da jetzt etwas verpasst?“, fragt mich ein Mann, der ebenfalls bei Elsa zu Gast ist und der die hemmungslos vorgetragenen Schilderungen über unsere Beziehung aufmerksam verfolgt hat. Adrian ist sein Name.

„So kann man das nicht sagen. Es ist komplizierter. Aber das würde jetzt zu weit führen“, antworte ich.

„Ihr könnt nicht voneinander lassen? Ist das so eine blöde Geschichte über das Vermissen, das größer und größer wird, weil der Geliebte, die Geliebte sich nicht einlassen kann? Das ist aber sehr, sehr langweilig.“

„Findest du?“ Wie giftig ich klingen kann, wenn uns jemand zu nahe tritt.

Ich habe also dich verlassen. Aber dein Verlassen war zuerst da. Es war dein Einfall, die wichtigen Verteidigungsposten gegen Besetzung und Raub durch andere um uns herum abziehen zu lassen. Du hast mich verlassen. Und mir ist, als hättest du dich durch mich hindurchgehend verlassen. Als wärst du durch mich gegangen. Und dabei stecken geblieben. In mir drinnen. Du bist mein Darin geworden.

„Wie ein Parasit hat sie sich in mein Hirn und mein Herz eingenistet", teile ich Adrian in versöhnlicherem Ton mit, als er mich nach Hause fährt.

„Genau. Wir wissen ja, wie das ist mit den Parasiten", sagt Adrian.

„So, wissen wir das? Wie ist das denn?"

„Nun, Parasiten können Mutationen verursachen. Sie greifen in unser chemisches System ein und verändern unser Denken, unser Fühlen, unser Verhalten. Wenn es ganz schlimm ist, zersetzen sich deine Hirnzellen."

„Oh. Meinst du, das hat bei mir schon angefangen?"

Statt meine Frage zu beantworten, fragt er mich: „Darf ich noch zu dir hochkommen?"

„Das ist keine gute Idee. So sehr haben mir die Parasiten noch nicht zugesetzt."

„Gut. Wie du meinst." Er verabschiedet sich mit drei Küsschen und fährt langsam davon.

Als ich ihn drei Tage später zum Cappuccino-Trinken wieder treffe, sagt er: „Übrigens, ich bin schwul, falls dir das entgangen sein sollte."

Mir steigt unverhohlen die Schamesröte ins Gesicht, hatte ich doch seine Frage als unmißverständliche Aufforderung, mit ihm das Nachtlager zu teilen, interpretiert. Er fährt fort: „Tja, falsch gedacht, oder? Und noch mal falsch gedacht, meine Liebe, denn ...", er beugt sich über den kleinen Bistrotisch zu mir hin und flüstert verschwörerisch: „Ich möchte unbedingt mal mit einer Frau schlafen. Du wärst die Richtige."

„Ich möchte einfach wissen, wie das ist", spricht er mit cappuccinoweißen Lippen weiter, derweil ich mit einer neu aufsteigenden Schamesröte kämpfe.

„Ja, du wärst die Richtige. Du gefällst mir."

„Adrian! Wir können alle mit allen schlafen und nichts ändert sich auf dieser Welt. Schwule mögen Frauen. So heißt es. Also eigentlich Heterofrauen. Als ob das einen Unterschied machen würde ... Aber sie schlafen eigentlich nicht mit Frauen, oder? Nun, jedenfalls eher selten."

„Sag ich doch. Es wäre einmalig", lacht er.

„Dann müsstest du mich aber sehr sexy finden, sonst läuft ja, soweit meine Kenntnisse diesbezüglich reichen, nichts da unten, oder?"

„Dich sehr sexy zu finden, wäre nicht nötig. Ein bisschen reicht hinlänglich. Bei Männern ist es nämlich so ..."

Ich unterbreche ihn rasch: „So genau interessiert mich das jetzt auch wieder nicht. Womöglich hast du morgen schon diese sexuellen Träume von mir und dann wird es schwierig mit der Freundschaft. Jedenfalls sind das meine Erfahrungen."

Er lächelt mir amüsant zu: „Ja, wenn Liebe mit im Spiel wäre. Aber so doch nicht. Du Spießerin. Hast du etwas gegen Schwule, die ab und zu mit Frauen schlafen? Ich kenne einige solcher Männer. Schau, es wäre einfach ein Experiment. Und mit einer Hetera möchte ich das nicht tun. Womöglich verliebt sie sich in mich."

„Oh, natürlich. Das wäre dir sicherlich sehr unangenehm. Und die Wahrscheinlichkeit, dass du dich in eine Frau verliebst, liegt bei eins zu tausend, oder? So etwas würde dir praktisch nie passieren", necke ich ihn ironisch und füge noch an: „Übrigens: Es gibt auch Lesben, die ab und zu mit Männern schlafen."

„Eben. Du gehörst offensichtlich nicht zu diesen ‚Ab-und-zu'-Lesben. Schade. Und ja, die Wahrscheinlichkeit, dass ich mich in eine Frau verliebe, ist gering. Genau genommen ist mir das noch nie passiert."

Wir schweigen, blinzeln in die Sonne und nippen an unseren Cappuccinos.

„Würdest du mich denn sexy finden?“, fragt er nach einigen Minuten.

„Ich vermute, das wäre der Sache sehr dienlich. Aber es wäre ein komisches Experiment. Spießig hin oder her.“

„Wir werden es ausprobieren“, lächelt er.

Sein Selbstbewusstsein ist unverschämt und charmant.

„Wie wäre es mit ein bisschen Biochemie?“, frage ich ihn, um das Thema zu wechseln und etwas mehr über seinen Beruf zu erfahren.

„Prima Idee. Parasiten und Symbiosen? Das Thema hatten wir ja schon mal kurz angeschnitten.“

## 4. Treffen

Wochen sind vergangen. Es ist Sonntag und wir spielen Boules. Eine deiner Sonntagslaunen, mit mir ein bisschen Zeit verbringen zu wollen. Die Sonne brennt vom Himmel und dringt durch alle Schattenrisse der Stadt. Wir stehen auf einem sandigen Platz unter dunklen Platanen.

Andere Sonntagsmenschen sitzen auf weißen Plastikstühlen rund um eine improvisierte Bar am nahen Flussufer, trinken Kaffee oder kühlen Weißwein und blättern in der Sonntagspresse.

Du erzählst gut gelaunt und mit lauter Stimme von deinem Single-Glück. Du seist so frei, und das Leben liege vor dir wie ein großer, weiter Strand. Du lachst dein Glanzschimmerlachen, drückst mich an dich und gewinnst. Ich sehe dich an und lache mit. Manchmal. Erinnerungen an unsere ersten Boules-Spiele in Südfrankreich lenken mich von meinen ansonsten zielgeraden Würfen ab.

Wie oft standen wir vor oder nach dem Abendessen auf dem sandigen Platz neben der Kirche dieses provenzalischen Städtchens, in dem wir unsere ersten Ferien verbrachten. Stundenlang warfen wir die silbernen, schweren Kugeln und nippten an unseren Pastis-Gläsern. Auch jetzt trinken wir Pastis, doch will das französische Gemisch hier in der Heimat nicht so richtig schmecken. Es ist, als ob ich die Vergangenheit trinken möchte.

Wir haben gewettet. Wer verliert, erfüllt der Gewinnerin einen Wunsch.

Du hast dir ein Abendessen gewünscht. Ich mir einen Kuss.

Nach deinem Sieg sitzen wir im nahe gelegenen Restaurant am Flussufer und studieren die Speisekarte. Ich setze mich ganz nah neben dich, atme deinen Duft ein und rede unsinnige Sachen, die dich zum Lachen bringen.

Neben dir werde ich ruhig. Das Geräusch der nahenden Mähmaschine höre ich nicht. Erst später, beim Abschied, werden sich die rotierenden Messer in meine Ganzkörperwunde drücken.

Unser neuer Freundschaftsalltag bricht mir das Herz. Täglich.

Auf das jährlich wiederkehrende Sommerfest von Jana und Kristin am nächsten Samstagabend freue ich mich seit Tagen. Wirst du doch da sein und alle unsere Freunde und Freundinnen. Ich bin eine der ersten, die eintrifft, und finde mich sogleich als Holzspieß-Schnitzerin für die Kleinen wieder, die nachher aufgeregt ihre Würste übers Feuer halten werden. Ein kleiner Junge, den ich heute zum ersten Mal sehe, schaut mir interessiert zu.

„Krieg ich auch einen?"

„Aber sicher. Wie heißt du denn?"

„Leon."

„Das ist ein sehr schöner Name. Und wer sind deine Eltern?"

„Papa ist nicht hier. Der ist momentan in Boston. Und Mama steht da drüben."

Ich sehe eine ungefähr 45jährige Frau, die in irritierender Exaltiertheit das Salatbuffet neu ordnet, laut und mit allen redet.

„Ich glaube, ich kenne deine Mama."

Der Junge seufzt und sagt: „Viele kennen meine Mama."

Kaum hat er diese Worte gesagt, wendet er sich ab und geht „Blumen betrachten", wie er mir versichert.

„Hinten im Garten hat es ganze viele Sonnenblumen", rufe ich ihm hinterher.

Im Laufe des Abends mache ich Bekanntschaft mit der Managing Direktorin einer Privatbank, mit Leons Mama, die ich oft in Zeitungen gesehen habe.

„Sie haben einen sehr netten Jungen."

„O ja, o ja", sagt sie, lacht laut und verwickelt mich dann in ein Gespräch über die neu erstellte Luxus-Überbauung am Rande der Stadt.

Der abendliche Sommergarten füllt sich mit Gästen in leichter Sommerkleidung, mit schimmernden Frisuren und mit frischen Sommerparfums.

Gemurmel und Gelächter steigen empor, durchstreifen das Geäst der großen Eiche, bevor sie im dunkler werdenden Schleier der Nacht für uns unhörbar werden.

Ich sehe dich nicht kommen, höre aber deine Stimme, als ich Leon von seinem Blumenspiel zum Lagerfeuer hole, um mit ihm eine Wurst zu grillen. In gewohnter Manier drehst du deine schwirrende Runde, fliegst an allen vorbei und schenkst doch jedem und jeder einen kurzen Augenblick Aufmerksamkeit.

Ich drücke Leon den Holzspieß in die Hand: „Ich gehe rasch jemanden begrüßen und komme dann wieder zu dir, okay?" Das Herz klopft in meinem Hals, als ich am stillen Blumenbeet und an den lauten Stimmen der Partygäste vorbei zur Terrasse eile, wo du stehst. Kurz vor der ersten Terrassenstufe bemerke ich die eng an dich geschmiegte Gestalt. Du hast lässig deinen Arm um ihre Hüften geschlungen. Sie streckt sich zu dir hinauf und küsst dich. Mitten auf den Mund. Ich bleibe stehen. Fünf Meter und tausend Welten liegen augenblicklich zwischen uns.

In was für einem Aufruhr du bist. Lachst laut in alle Ecken und schwingst einen Rotweinkelch nach dem anderen. Ich schaue dir zu

– aus der Ferne, dicht am Feuer sitzend. Der kleine Leon neben mir. Mit leiser Stimme erklärt er mir, warum er Blumen so gerne hat.

„Wer ist das?“, frage ich Jana, die Gastgeberin, mit dem Kopf in deine Richtung deutend.

„Die? Das ist die neue Eroberung vom ewigen Objekt deiner Begierde“, erklärt Jana lakonisch und ohne jede Rücksichtsnahme auf meine Gefühle, was ich ihr nicht verübeln kann.

„Und woher kennen sie sich? Ich meine, letzten Sonntag noch, da haben wir Pastis getrunken und ...“, ich merke, wie mir heiße Tränen in die Augen schießen.

„Sie arbeiten zusammen. Aber jetzt komm, trink noch einen Wein mit mir und dann gehst du artig Hallo sagen. Leon nehmen wir natürlich mit. Komm, Kleiner“, sagt sie und streckt ihm die Hand entgegen.

Jetzt fällt es mir ein. Du hast manchmal vor ihr erzählt. Damals. Immer sehr angetan. Ich versuchte, deinen Erzählungen keine Beachtung zu schenken, verdrängte meinen leisen Argwohn und die elektrisierende Eifersucht. Diese Frau, deren Namen ich, kaum hattest du ihn erwähnt, wieder vergessen habe, interessierte mich nicht. Ich war restlos beschäftigt mit meiner Begeisterung für dich und uns und ich wünschte mir so sehr, dass wir unverwundbar blieben.

„Sie ist wirklich witzig. Du solltest sie mal kennenlernen. Sie ist sexy, findest du nicht?“

Da schaute ich von meinem Buch auf. Die Funken in deinen Augen hatten sich verfärbt und der Klang deiner Stimme hatte sich von diesem Moment an verändert. Als ob deine Stimmbänder gewachsen wären. Vielleicht hat sich aber auch in diesem Moment deine Atmung verflacht. Auch das kann die Stimmlage verfremden. Du hast weitergesprochen und dabei die neu gekauften Rotweingläser ausgepackt und abgewaschen. „Sie ist eigentlich in festen Händen“, hörte ich dich aus der Küche. Deine Geschäftigkeit nahm den Worten etwas von ihrer Bedrohlichkeit. „Aber treu war sie nie. Alle paar Monate hat sie eine neue Geliebte. Auch ein praktisches System, oder?“

Solche Dinge hast du mir erzählt von ihr. Ich wurde an diesem Abend gehörlos, denn ich wollte die Bewunderung in deiner Stimme nicht wahrhaben.

Wir waren so jung. Wir hatten keine Strategien, wie wir mit der einen oder anderen Verliebtheit und Begehrlichkeit der einen oder anderen umgehen sollten. Wir hatten keine Vereinbarungen. Warum auch? Wir waren perfekt.

Ich sehe ihre Lust auf dich und deinen Gefallen daran, als ich hinter dir stehe und dir auf die Schulter tippe, Leon an der einen, ein Rotweinglas in der anderen Hand.

„Oh, hallo. Schön, bist du auch da. Aber sag, stehst du neuerdings auf kleine Jungs?“, sind deine Begrüßungsworte, die von deiner Begleitung laut lachend quittiert werden.

„Leon habe ich heute Abend kennengelernt. Leon, darf ich vorstellen, das ist eine alte Bekannte. Sie ist meistens sehr nett und kann viele Zaubertricks.“

Leon lächelt und reicht dir seine kleine Hand.

„Zeigst du mir Zaubertricks?“, fragt er.

„Aber natürlich, Kleiner. Komm mit. Wir brauchen ein Glas, eine Münze und ein Taschentuch.“ Die beiden entschwinden Richtung Wohnzimmer, und ich stehe da und schaue an deiner Begleitung vorbei, die, mit dunkel gewordenen Augen und verärgert über deinen abrupten Abgang, verloren vor dem Buffet steht.

Ich habe keine Lust, artige Begrüßungsworte an deine zurückgebliebene Begleiterin zu richten, und wende mich stattdessen einer Bekannten zu. Deine neue bessere Hälfte strafft ihre Schultern, drückt ihren Rücken durch und rauscht an mir vorbei. Zurück bleibt ihr Duft. Es riecht nach Angst. Als ob sich in den dunklen Untiefen ihrer Haut feucht-warme, stinkende Biotope gebildet hätten. Sie rüstet sich zum Kampf. Ich aber kämpfe nicht um deine Liebe.

Leons Augen leuchten, als er sich von mir verabschiedet und mit Managing Mum in ein großes Auto steigt. Offensichtlich ist auch er von dir und deinen Zaubertricks sehr angetan. Ich verspreche, ihn anzurufen.

Später, als ich den verzweifelten Kussversuchen einer Unbekannten ausweiche, wird mir klar, dass ich morgen schon Leon anrufen will. Irgendwann liege ich dann doch unter dem kleinstämmigen Apfelbäumchen in Janas Garten und lasse mich befummeln. Fernab von der Terrasse, wo sich das Partyvolk tummelt, liege ich also unter einem Apfelbäumchen und küsse ohne jedes Engagement eine Frau, die mir ihre Liebe gesteht. Ich sehe dich und die neue Frau zusammen im vertrauten Gespräch. Ich schließe die Augen und küsse einen fremden, ungeschickten Mund, den ich später bis in die frühen Morgenstunden noch abermals geküsst haben werde. Mit dieser Frau schlafen, so als ob da nichts anderes wäre in meinem Herzen. So, als wäre alles gut.

Es ist früher Sonntagmorgen. Fast noch Nacht. Das Morgenlicht schimmert rosa von Osten her. Tau glitzert im Gras am Straßenrand und in den stillen Vorgärten. Der Lärm der Stadt dringt gedämpft den Hügel herauf. Mein langer Nachhauseweg führt mich am Stadtpark vorbei, der wie ein kühles Grab hinter hohen Mauern seine Gäste schützt. Hunde und Obdachlose, die unter und auf den Bänken liegen.

Ich gehe durch leere, kühle Straßen nach Hause, gehe hoch in meine Wohnung, bleibe ein wenig auf dem Sofa sitzen und schaue dem jungen Morgen zu, wie er leise und geräuschlos durch meine Fenster dringt. Ich dusche, ziehe frische Kleider an, hole mein Fahrrad aus dem Keller und fahre zu Elsa.

Elsa, die mit duftenden Brotbackhänden im Türrahmen ihres Hauses steht, und mich begrüßt.

„Du siehst aber gar nicht gut aus."

Gartensitzen, Sonntagsfrühstück, Schmetterlingstänze. Ich schütte Elsa mein Herz aus, und sie tut so, als wäre ihr das alles neu. Das haben wir so vereinbart. Sie hört sich immer wieder die gleichen Geschichten an und antwortet jedes Mal ein bisschen anders auf meine immergleichen Fragen.

Das hilft meistens. Kein Versuch, meinen Liebeswahn zu heilen.

Doch dann wird ihr Tonfall anders. Hart und streng. Woran das liegen mag, denke ich irritiert und will sie gerade fragen, als sie sagt: „Du bist schon blöd, weißt du."

Später werde ich sagen können, dass es genau dieser Satz war, der meinen Heilungsprozess lanciert hat.

„Was blöd?", frage ich.

„Du bist eben blöd. Anders kann ich mir das nicht erklären."

„Aber ... so hör doch, wir lesen uns unsere Geschichten vor. Die von früher. Und letztes Wochenende nach dem Boules-Spiel spazierten wir Arm in Arm nach Hause. Wir lieben uns."

Elsa lacht und fängt an, den Tisch abzuräumen. Und ich werde augenblicklich einsam wie noch nie.

„Sie liebt mich. Es kann gar nicht anders sein. Sie ist einfach noch nicht wieder bereit für dieses Wagnis", murmelt es närrisch aus mir heraus.

„Nimm dein Leben endlich in die Hände! Konzentrier dich auf dein Geschäft. Das ist wichtig. Lass dich auf andere Menschen ein. Geh wieder mit offenen Augen durch die Welt."

Wir schweigen. Was sollte ich auch sagen?

„Ich will nicht, dass du so deine besten Jahre verschwendest. Sie wird immer mit deinem Herzen spielen so wie ... Schau. Schau da drüben diese Katze, die mit dem Frosch spielt." Nach diesen Worten steht sie auf, vertreibt mit klatschenden Händen die Katze vom Teich, und der Frosch humpelt eilig davon.

„Geh aus heute Abend. Es ist doch Frauenabend im ‚Q', oder? Geh da hin. Schau dich um. Flirte ein bisschen. Mach was. Bist ja auch wer, oder?"

Ich schweige jämmerlich weiter.

„Ich kann dir nur eins raten: Geh weiter. Ich weiß, von was ich rede."

„Ich sollte viel mutiger sein. Vor ihr hin stehen. Ihr meine Liebe unverblümt offenbaren. Ehrlich sein."

Elsa hält sich die Ohren zu, steht auf, kommt wieder. Mit Pfefferminztee und Erdbeeren. Wir legen uns in die große Hängematte, gucken in den Himmel und schweigen lange. Elsa summt Lieder und ich muss die Melodien erraten. Irgendwann lache ich wieder.

Du hast vor einigen Wochen, nach unserem Ausflug in die Berge, geschrieben, dass du mich immer lieben wirst. Na also. Und ich habe zurückgeschrieben, dass auch ich dich immer lieben werde. Aber das erzähle ich Elsa nicht.

Die Wolken hoch am Himmel sind durchtränkt von meiner Liebe, so kommt es mir vor, als ich tausend Fuß unter ihnen nach Hause radle. Erhaben und ganz in Weiß schwingen sie ihr zuckerwattiges Haupt in das weite Blau.

In ihren still leuchtenden, weißpudrigen Köpfen sehe ich pulsierende und funkende Nervenbahnen, die alle einem Zentrum zufließen, das aussieht wie du.

Es ist eben immer noch so. Immer noch alles so wie früher. Es wird nicht weniger. Ich will dich ja gar nicht vergessen. Ich will ja gar nicht die Kraft haben, dich nicht mehr zu lieben. Wer möchte diese Kraft schon?

Was wäre die Welt langweilig ohne dich. Ohne mein Ein und Alles, das du bist. Wieder geworden bist. Unverhofft aufgewacht aus dem Winterschlaf.

Tanzt wieder um mich herum und lässt zarte Wildrosenblüten überall dahinfallen, wo du leise vorbeigehst.

Leons Mutter sagt, ihr Sohn sei mit Freunden am Spielen. Sie lädt mich zum Essen ein. „Rufen Sie uns doch nächste Woche an. Mein Mann und ich würden uns sehr freuen. Und Leon natürlich auch", schlägt sie mir vor. Ich sage danke und lege auf.

## 5. Treffen

„Ins ‚Q?'"

„Ja. Komm mit."

Kristin überlegt nicht lange. „Okay. Ich hol dich ab. Um acht?"

„Prima."

Ja, prima. Denn: Du wirst auch da sein. Ein unbändiger, wilder Freudenstrom jagt durch mich hindurch. Hirnschlag, Herzschlag. Und immer noch lebendig.

Es klingelt an der Tür. Endlich. Zeit zum Gehen.

Freudig begrüße ich Kristin: „Erobern wir die Nacht und alle, die sich in ihrer Dunkelheit verstecken?"

„Aus diesem Alter bin ich raus. Ich begleite dich, damit du auf andere Gedanken kommst. Und falls sie auch da ist, was ich schwer vermute, benimm dich und fall bitte nicht Ohnmacht."

Ich nicke ergeben und kann meine Vorfreude darüber, dich gleich zu sehen, kaum verbergen.

Kristin, die mir eine gute Freundin, wenn auch immer ein bisschen fremd geblieben ist, bietet mit eine Zigarette an, die ich dankend ablehne.

Schweigend laufen wir ins „Q".

Du kommst spät. So wie meistens beziehungsweise immer erst dann, wenn ich schon da bin. Egal, um welchen Ort, um welche Zeit, um welchen Anlass es sich handelt. Ich muss lächeln über diese schlechte Gewohnheit von dir und darüber, dass mich jeder Blick auf die Uhr und überhaupt jede Uhr, jedes Gespräch über Zeit, über Zeitverschwendung und Zeitverschiebung, alles über Jetlag, Zeitumstellung, Verspätungen im Flug- oder Zugverkehr an dich erinnert.

Du stehst eine Weile im Türrahmen und redest kurz mit allen, die sich an dir vorbei auf die Toilette drängen, überragst sie alle an Schönheit, Größe und Eleganz. Dann schlenderst du zur Bar, grüßt nach links und rechts.

Gleich wirst du mir gegenüberstehen und etwas sagen, worauf ich wahrscheinlich keine Antwort weiß.

Du fällst Kristin überschwänglich um den Hals. Diese tätschelt unbeholfen deinen Rücken und kann sich offensichtlich über so viel Körpernähe nicht richtig freuen. Aber solche Dinge merkst du nicht. Endlich lösen sich deine Arme, du drehst dich um, von mir weg, wendest dich einer Gestalt zu, die ihre Hand auf deine Schulter gelegt hat.

Euer Kuss ist ungezügelt und grob. Statt zärtlicher Zurückhaltung verschlingst du ihr offen feil gebotenes Innerstes.

Augenblicklich überkommt mich eine unerklärliche Übelkeit. Ob das ein Magengeschwür ist? Eine Leberentzündung, Gallensteine, eine Lebensmittelvergiftung, eine plötzliche Erkrankung des Stoffwechsels oder ist mein Gleichgewichtssystem gestört? Ich benehme mich und übergebe mich erst auf der Toilette.

Nur keine Tränen. Einfach die Contenance bewahren. An etwas denken, das viel schlimmer ist. Einen Flugzeugabsturz, ein

Erdbeben, eine Sintflut. Der Bedienung winken, das Bier bezahlen, die vielen Knöpfe der Cabanjacke schließen, mich und diesen aufgeschäumten Herzschmerz einhüllen und unsichtbar machen. Kristin bei der Hand nehmen. An den dunklen Bäumen vorbei nach Hause laufen. Langsam, schweigend, den Mond betrachtend. Mich ins Bett legen.

Morgen ist Zeit zum Reden. Mit dir. Jedes Wort, das ich an dich richten werde, wird klar, frisch und rein sein. Wie Quellwasser, geboren aus ewigen, weißblauen Eisflächen.

Ich finde dich am Teich des Parks – ein schöner Zier- und Nutzgarten im französischen Gartenstil gebaut und mit einem barocken Landschlösschen, das heute ein Café beherbergt.

Nach den gestrigen Ereignissen verzichte ich ganz auf ein Begrüßungsritual und überfalle dich sogleich mit ungeschickt liebesschwangeren Worten, die wie ein einstudierter Monolog dein verlorenes Dasein in dieser wunderschönen Parkanlage grotesk unterstreichen.

„Es ist, als hätten sich unsere Herzen gegen den Rest der Welt verschworen. Ich habe dich gefunden. Damals. Vor so vielen Jahren. Und du mich. Nun sammelt sich diese Liebe nach einer dummen, unüberlegten Trennung wieder, ordnet sich ganz von selbst zu einem neuen Haus mit großen, Licht durchfluteten Zimmern. Vielleicht wäre das Leben einfacher. Ohne dieses Uns, das mich beseelt, erfüllt, mich lebendig macht. Immer noch. Vielleicht wäre ich weniger traurig im Moment, weniger angstvoll. Wer weiß. Du hast dich in meinem Herzen breitgemacht, hast dort darin dein Zelt aufgeschlagen. Und dann bist du weitergezogen. Ich bin stehen geblieben. Vor deinem Zelt. Gehe hinein und drücke alle Habseligkeiten, die du in der Eile vergessen hast, an mich. Verkrieche mich in den Eingeweiden meiner Erinnerungen. Und da möchte ich bleiben. Bis du wieder ganz und gar bei mir bist. Ich bin die Liebe deines Lebens. Das hast du selber gesagt. So oft haben wir uns das gesagt." Die letzten Worte klingen wütend und trotzig.

Du schweigst. Dein Schweigen umhüllt das dichte Geflecht meiner sterbensmüden Liebe. Dein Schweigen ist mächtig. Mit rauschenden Schwingen steigt es hoch hinauf und weg von den fluoreszierenden Nervenfasern meiner Worte.

Wie du da stehst. Dein offener Mund, dein trauriger, reumütiger Blick. Ich könnte dich verachten. Meine Liebe strahlt erhaben, immer noch. Du kannst ihr nichts anhaben. Frisch geborene, heiße Lava strömt mein Rückgrat hinauf, den Schutt der vergangenen Liebeswehen vor sich her schieben, mit Getöse, Donner und Krach. Dein „Halt mich bitte" überhöre ich fast.

Und dann bist du da. Ganz Atem in meinem sauerstoffarmen Herzen. Hältst mich. So wie früher. Die Seidengewänder der nahenden Nacht decken uns zu, gewähren uns Schutz. Es ist, als ob du dich wieder an uns erinnern würdest.

„Komm", sage ich, „wir gehen."

Du aber sagst: „Ich kann nicht."

Und redest weiter. Ich sehe, wie sich dein Mund öffnet, schließt und wieder öffnet. Ich sehe dein Achselzucken, deine scharrenden Füße, deine Augen, die immer wieder durch den Park streifen. Ich verstehe kein Wort, das du sagst.

Dein Selbstgespräch will nicht enden. Irgendwann löst sich etwas aus mir heraus und geht auf dich zu. Es reißt dir das Herz aus deiner Brust. Mit bloßen Händen wringe ich es aus.

Kalbsherzen haben eine hellbraune Farbe und wiegen vierhundert bis sechshundert Gramm. Rinderherzen haben eine dunklere Farbe und wiegen bis zu 1,5 Kilogramm. Schweineherzen hingegen haben eine rotbraune Farbe und ein Gewicht von dreihundert bis vierhundert Gramm. Das menschliche Herz ist blass rosa, etwa faustgroß und besitzt bei Erwachsenen ein Gewicht von zirka dreihundert Gramm. Dein Herz aber hat weder mit einem Kalbs-, Rinder-, Schweine- oder Menschenherzen Ähnlichkeit. Es ist weiß und hart.

Ich klopfe es weich – so wie man Tintenfische an Steinen totschlägt.

Dein Herz, ein grober, blutiger Klumpen nun.

Ich wache auf. Mit Resten einer Übelkeit im Magen und großzügiger Helligkeit, die sich in den letzten Stunden wohl im ganzen Raum verteilt hat.

Neben mir liegt Kristin.

Wie ich wohl hierhergekommen bin? Sonst weiß ich doch immer sogleich, wo ich bin, was ich heute tun muss und warum ich es tun muss, welchen Tag wir haben. Kaum wache ich auf, fächert sich die Tagesagenda vor meinem inneren Auge auf, und noch während ich dusche, sind die ersten Arbeiten in Gedanken erledigt. Aber heute Morgen hat sich mein Erinnerungsvermögen hinter eisendicken Türen verbarrikadiert und jede Überlegung führt zu einer neuen Frage. Doch etwas von der Nacht ist übrig geblieben.

Das nächtliche neurophysiologische Elektrogewitter hat weder meine zerebralen Leitungen gereinigt noch den Müll darin gelöscht. Die Erinnerung an meinen Traum sitzt glockenschwer in meinem Körper. Es ist, als ob sich letzte Nacht unsere Herzen gegenüber gestanden hätten. Aber mein Kopf erinnert sich nicht daran.

Ich stehe auf und gehe duschen. Kristins Küche ist mir nicht vertraut. Auch der Stadtteil, in dem sie wohnt, ist mir gänzlich unbekannt, so dass ich einige Zeit damit zubringe, eine Bäckerei zu finden.

Kristin liegt immer noch im Bett, als ich mit frischen Brötchen und Kaffee in ihr Schlafzimmer gehe. Aus den kleinen Boxen erklingt Barockmusik.

„Was ist das denn? Eine Barock-Disco?", frage ich.

„‚La Capella Reial de Catalunya‘. Herrlich, oder?“, begrüßt mich Kristin.

„So komm doch“, lacht sie und bittet mich hinein. Unbewusst bin ich im Türrahmen stehen geblieben. Ein erster Erinnerungsfetzen meines Traumes hat mich kurz gestreift. Oder ist es Kristins Nacktheit, die mich plötzlich so unbeholfen macht?

„Ich wollte dich nach Hause bringen gestern. Aber du wollest nicht alleine sein. So hab ich dich mitgenommen.“

Ich murmle ein Danke, bringe ihr eine Tasse Kaffee und öffne die Terrassentür.

„Es ist Montag, sagst du?“, frage ich.

„Ja. Ich denke, du solltest langsam los, oder?“

Den Rest des Tages verbringe ich in eiliger Geschäftigkeit in meinem Büro. Abends jogge ich lange im Wald. Mit drei Schritten ein- und drei Schritten ausatmen lasse ich frischen sauerstoffangereicherten Kraftstoff in meinen Körper gelangen. Das schwere Kohlendioxid-Herz wird langsam leichter.

Später zu Hause, schaue ich Fotos einer unserer Reisen an.

Eine dieser Reisen ans Meer. Ein kleines Hotel an der Ostsee.

Die Hotellounge, die uns mit ihren brokatschimmernden Wänden in freundlicher und stummer Gelassenheit empfangen hat. Ein einsames Hotel mit zwei Gästen.

Wir tranken heißen, schwarzen Tee mit Zitrone, saßen in dunkelbraunen, ledernen Fauteuils und versanken im Augenlicht der anderen. Im strahlenden Grau meiner und im glänzenden Grau deiner Augen glitten tausend Sonnensegel vorbei.

Die kleinen Sandwichs auf den gold umrahmten Tellerchen ließen wir unberührt. Ein Abendhimmel mit rosa Wangen und gesenkten Lidern schwebte durch die großen Bogenfenster herein zu uns.

Später gingen wir auf unser Zimmer. Draußen auf dem Balkon stehend ließen wir frische, kalte und mit Meeresgischt gewürzte

Luft ins warme Zimmer dringen. Du hast ein Bad genommen und bist zwischen Schaumkronen und Vanilleduft fast eingeschlafen.

Ich blieb noch ein Weilchen auf dem Balkon, rauchte eine Zigarette und stieg dann zu dir ins Bad.

Die Gutenachtgeschichte war eine von früher, die wir beide schon kannten, die aber immer noch lustig war, so dass wir lachen mussten, bis der Bauch wehtat. Und wir haben weiter gelacht, damit es nicht aufhörte, das Lachen.

Und dann hast du mich zärtlich geküsst, meine Hände festgehalten und bist während eines einzigen, ewigen Kusses dicht bei mir eingeschlafen.

Das Meer war wild und barg in seinen Tiefen wunderliche Wesen. So kam es mir vor, als wir am nächsten Morgen Hand in Hand an den lechzenden, grauen Meereszungen vorbeispazierten. Die Zeit verging nicht, weil wir es so wollten.

Ich lege die Fotos zurück in ein wattiertes Seidencouvert. Ein Seidenstück in einer großen Kiste, das darauf wartet, von dir wieder entdeckt zu werden.

## 6. Treffen

Ich bin vertieft in ein neues Servicekonzept für eine Zusammenarbeit mit dem Velokurier vor Ort, als das Telefon klingelt.

Du bist dran. Bittest mich, dir alles Mögliche für deinen bevorstehenden Umzug zu organisieren. Nach wochenlangem Ohne-mich, Ohne-dich, Ohne-uns bittest du mich, dein neues Leben in die Hand zu nehmen. Ich weise dich darauf hin, für diesen Auftrag die Zentrale anzurufen, was du dann auch tust.

Was tun nach einem solchen gewaltsamen Überfall? Das Backup laufen lassen oder lieber den Computer runterfahren? Hinaus an die frische Luft gehen, etwas zu essen holen? Einen Sandwich zum Beispiel oder lieber etwas Süßes? So tun, als wäre heute gestern?

Unbeweglich bleibe ich in meinem Büro sitzen und starre durch die großen Fenster hinaus auf den Fluss. Ich kann die Augen nicht mehr schließen.

Nach einer Stunde tatenloser Flachatmung mache ich einen unwillkürlichen tiefen Atemzug – einen Seufzer vielmehr. Ein

Klick im System und ich finde deinen Namen und dazu alle Eckdaten zu deinem bevorstehenden Umzug.

Die Details zum Einweihungs-Tamtam eurer neuen Wohnung werden mir Tage später warmblut beim Einkaufen von einer gemeinsamen Bekannten erzählt. Ich packe die Tomaten ein, die Zucchini und dann noch Fenchel und Rüben, die ich eigentlich nicht mag. Fluchtartig verlasse ich das Gemüse und begebe mich zu den Milchprodukten. Die Bekannte folgt mir unbeirrt und hört nicht auf damit, mir deine Botschaften mitzuteilen.

Du würdest so schwärmen von diesem schönen, neuen Zuhause. Wärst in Gedanken schon am Einrichten. Neue Möbel, neues Bett, alles neu.

Früher, da lagen wir auf einer Matratze, weil wir kein Geld für ein Bett hatten. Wir hielten uns die ganze Nacht in den Armen und malten uns aus, wie wir später wohnen würden.

Mit eifersüchtigem und giftig schmerzendem Bauch kaufe ich weitere Mengen unnützlicher Dinge und wäge verschiedene Fluchtwege zwischen Dosen- und Getränkeregalen ab. Erst als ich wortkarg versuche, die drei Tüten Einkauf auf mein Fahrrad zu binden, verabschiedet sich die Bekannte mit drei eiligen Luftküsschen und „Ciao, ciao, mach's gut und grüsse mir Jana und Kristin.“

Deine frischen Haushaltspläne entführen dich nun also in ein geregeltes Erwachsenenleben. Ich registriere, wie die alten Sehnsüchte sich durch rasend schnelle Zellteilung innerhalb weniger Sekunden zu einem schweren Tumor verwandeln. Von deinem neuen Leben will ich ja gar nichts wissen.

## 7. Treffen

Vier Monate sind vergangen. Dezember nun, gestern war Weihnachten und heute ist einer dieser Tage zwischen den Jahren.

Die Zeit, die aus dem Räderwerk der Zeitrechnung fällt, weil man das alte Jahr schon verabschiedet hat und das neue noch nicht begrüßen konnte. Ich laufe durch die Altstadtgassen an Schaufenstern mit weihnachtlichen Geburtswehen vorbei und trenne mich in Gedanken vom vergangenen Jahr. Es schneit ein bisschen.

Das Treffen mit einer ehemaligen Geliebten in einem großen Kaffeehaus mitten in der Stadt soll mich ablenken. Auf einem Ledersofa lümmelnd, trinken wir heißen, süßen Espresso. Und später widmen wir uns ausgiebig dem Portwein-Sortiment.

Die mir fremd gewordene Freundin lächelt unergründlich vor sich hin, streckt ihre langen Beine unanständig aus und versucht, meinen Kopf von dir zu befreien. Ich aber bin von ihren angestrengten Aufmerksamkeiten gelangweilt und breche auf, ohne auf ihren Vorschlag, sie ins Engadin zu begleiten, einzugehen.

Am Abend rufst du an, um dich für das Weihnachtsgeschenk zu bedanken. Eine CD mit den Brandenburgischen Konzerten von J. S. Bach, gespielt von den Swiss Baroque Solists, welche ich dir per Post trotz aller guter Vorsätze, an Weihnachten nicht an dich zu denken, geschickt habe. Du lädst mich zum Essen ein. Sushi im Winter. Wunderbar. Soll einer der letzten Tage in diesem Jahr uns gehören.

Zarte Schneeflocken wirbeln um uns herum. Unschlüssig wehen sie hin und her, so als ob sie bestimmen könnten, wo sie fallen wollen. Im Gleichschritt und im vertrauten Gespräch neben dir, unterhalten wir uns über die Bedeutung von Feiertagen und spazieren zum Sushi-Restaurant.

Jetzt deine Hand zu nehmen, sie leicht zu drücken und einfach weiterzugehen, weiterzureden, würde dir wohl nicht auffallen. Wir sind wie ein frisch vermähltes Paar. So eins, die in Portofino herumspazieren. Da sollten wir hinfahren. Gleich morgen. Denn: Alle verliebten Paare reisen da hin. Das denke ich, und auch, dass du mich ja immer noch liebst, nie aufgehört hast damit.

Unsere Worte fliegen wie bunte Papier-Drachenreihen durch den strahlend blauen Föhnhimmel. Du lechzt genauso nach jedem meiner Worte wie ich nach deinen. Du wirst zum heiß sprudelnden Geysir, der mit unbändiger Kraft durch den Frostboden stößt. So kommt es mir vor. Und endlich entdecke ich all deine Lebensgeister wieder, wie sie sich – wachgeküsst von unserem Gespräch – verwundert die Augen reiben, aus ihrem Versteck kommen, sich die Hände reichen und lachend um unseren Tisch tanzen.

„Weißt du", sagst du unvermittelt, „ich kann mit niemandem so lachen wie mit dir. Wir haben uns immer so viel zu erzählen. Das habe ich so vermisst. Ich ... hab dich so vermisst."

„Oh, oh. Das war jetzt ein Spielzug, der nicht in den Spielregeln erläutert wird. Ich glaube, er ist nicht gültig. Machen wir uns nichts vor", höre ich meine Erwachsenenstimme, „du lebst seit Monaten mit einer anderen zusammen. Sie hat das Rennen gemacht. Hast du das vergessen? Außerdem: Wir sind seit fünf Jahren mehr oder weniger getrennt."

Du lächelst: „Ja, schon. Ich bin ja auch glücklich mit ihr. Sehr. Aber es ist nicht dasselbe. Mit dir könnte ich um die Welt reisen."

Ich vertiefe mich in die Reste meiner Reisschüssel, damit du nicht siehst, wie die Nerven meiner Gesichtsmuskeln verrückt spielen.

„Ach du, warum schweigst du nicht einfach? Warum erzählst du mir solche Dinge. Du weißt genau, dass jedes deiner Worte mich an die Hand nimmt, um mich zu dir zu führen. Erneut und schon wieder."

„Ich bin ... einfach verwirrt. Du fehlst mir."

„Du fehlst mir auch. Glaub mir." Ich hole Atem. „Jeden Tag. Jede Nacht. Immerzu. Warum schläfst du mit dieser Frau in einem Bett, anstatt mit mir im karibischen Meer zu schwimmen, nach Aruba zu segeln und in Kalifornien zu surfen? Kannst du mir das verraten? Sie kann dir doch nicht das Wasser reichen. Du langweilst dich mit ihr. Das sehe ich doch. Du sagst es ja."

Du schweigst und betrachtest deine Hände. Was solltest du noch sagen? Ich kenne dieses Spiel, das mich mit einem ungeheuren Sog auf den Grund meiner Sehnsucht zieht. Kopfüber. Direkt hin zu den geheimnisvollen Heißwasserquellen am Meeresgrund. Mitten im tiefen Atlantik, wo die Erdplatten auseinander driften. Dort, wo immer wieder neuer Boden aus unbekannten Tiefen herausdringt. Dort in dreitausend Metern Tiefe, wo ich mich nicht mehr an die vergangenen Geschehnisse erinnern kann.

Ich schiebe das letzte Stück rohen Fisch in meinen Mund. „Hör mir zu. So oft habe ich dir meine Liebe offenbart. Habe alles von mir vor dich hingelegt. Überzeugt davon, dass du es aufhebst, an dich drückst, mir mit deinem warmen Atem wieder Vertrauen einflößt. Stattdessen bist du erschrocken. Jedes Mal. Wie ein kleines Kind. Das Problem ist, ich habe den Glauben an unsere unerschöpfliche Liebe nie verloren. Niemals. Ich habe unerhörte Gedanken. Immer noch. Immer schon. Seitdem ich dich kenne. Keine andere Frau in meinem Leben verzaubert und bezaubert mich so wie du. Wie abgedroschen solche Worte klingen, wenn sie nicht leise ins Ohr geflüstert werden, nicht wahr?

Ich bin nicht glücklich, weil du nicht bei mir bist. Seit Jahren. Aber das weißt du ja. Ich erinnere mich an jeden unserer gemeinsam verbrachten Tage. An unsere ungestümen Nächte. Am liebsten waren mir die Momente danach, wo du erschöpft auf mir gelegen hast und ich dich halten konnte.

Aber was ich sagen will: Du liebst sie ja gar nicht. Sonst würdest du jetzt nicht hier sitzen, auferweckt und aufgeweckt, mit roten Wangen und schnell rasendem Herzen mir gegenüber.

Der Kern der Sache ist doch, dass du sie gar nicht liebst. Der Kern der Sache ist so unerhört. Nicht wahr? Es gibt keinen anderen Menschen, mit dem ich die Zeit lieber verbringe als mit dir. Ich liebe dich. Immer noch. Nach all den Jahren. Das ist heftig. Das ist unerhört. Das ist nicht zum Aushalten. Ich hätte nicht ... einfach gehen sollen." Ich schweige erschöpft.

Du legst deine Hand auf meine. Die Berührung trifft mich mitten in den Bauch. Ich reiche dir meine andere Hand über den Tisch, damit du sie auch ergreifen kannst.

„Ich erzähle dir jetzt eine Geschichte. Eine Geschichte von uns. Eine, die du nicht kennst. Willst du sie hören?", frage ich dich.

„Erzähl", antwortest du.

„Damals, als wir frisch zusammengezogen waren. Weißt du noch? Da an der Grünbergerallee. Ich war zu Hause, lag auf dem Sofa – das schrecklich farbigbunte Ding, das du voller Stolz mit deinem ersten Gehalt gekauft hast. Ich las in einem Buch. Du hattest eigentlich nie Geschmack ... Du hast immer noch keinen Geschmack, oder?"

„Du hast den besseren", gibst du unumwunden zu.

„Also. Ich las in einem Buch. Du bist spät abends nach Hause gekommen, die große Ledertasche an der Schulter baumelnd, den braunen Mantel um deine Knie flatternd, deine abgetragenen Schuhe, schwarze Jeans und ein enger, brauner Body. Furchtbar hast du ausgesehen. Der Mantel war viel zu klein ... Nun, das Telefon hat geklingelt, kaum hast du die Wohnung betreten. Du hast den Hörer abgenommen und mit deiner Mutter gesprochen, die unbedingt wissen wollte, ob du am Sonntag zum Mittagessen kommst."

Zu einem dieser stilvoll inszenierten, langweiligen Mittagessen – eine große, reich und perfekt gedeckte Tafel, an der auch immer ein Wunschschwiegersohn saß. Ein angehender Arzt meistens. Es gab wahnsinnig viele angehende Ärzte damals, die dein Vater als Oberarzt des städtischen Krankenhauses auf Wunsch deiner Mutter zu den sonntäglichen Mittagessen mitgenommen hatte.

Sie hat mich nie persönlich eingeladen. Deine blond gelockte, artig nette Mutter. Ich war wohl stillschweigend mitgemeint.

Jedenfalls hast du versucht, mir das weiszumachen, und mich manchmal mitgenommen.

Mit „eine Freundin unserer Tochter" wurde ich kurz vorgestellt, um sich dann gleich wieder dem jungen Gast deines Vaters zu widmen.

„Manchmal haben wir uns aber köstlich amüsiert", sagst du.

„Du meinst, das eine Mal, als wir unsere ‚Verlobung' bekannt gegeben haben und der Rest der Tischgesellschaft kurz verstummt ist? Dein Vater eine neue Flasche im Keller geholt und deine Mutter das Thema auf den hauseigenen Weinkeller gelenkt hat? Das war nicht lustig. Diese demonstrative Verweigerung, sich mit uns als Paar auseinanderzusetzen, und trotzdem

– neben Rotkraut, Kesselfleisch, Blut- und Leberwurst – nettes Tischgeplänkel aufzutragen."

„Ich habe mich prächtig amüsiert", gibst du zur Antwort und ein Zittern folgt dem einen Herzschlag.

„Erzähl weiter", sagst du. „Was genau wolltest du mir eigentlich erzählen?"

„Du hast mir während des Telefongesprächs den Rücken zugewandt. Ich habe dich einfach so betrachten können, mit hemmungsloser Liebe sozusagen. Und ich dachte: Das ist sie. Meine Frau. Dieser Moment hat sich tief in mein Bewusstsein eingebrannt. Und ich habe es nie mehr vergessen. Dieser Gedanke, der gleichzeitig ein Gefühl war und jetzt eine Erinnerung. Ich lag noch lange auf dem Sofa, starrte an die Decke. Und du, du hast das Abendessen gekocht und von diesem bewegten Moment nichts mitbekommen. Es gab Ratatouille mit Reis an diesem Abend."

„Warum erzählst du mir das jetzt erst?", fragst du.

Ich versuche zu lachen, um den vorangegangenen Sätzen die Schwermütigkeit, die du so nicht magst, zu nehmen: „Das war eines meiner letzten Geheimnisse."

Schweigend betrachten wir ausgiebig die Spuren unseres Abendessens und zeichnen Geschichten auf die Papierservietten. Kleine Sterne mit Füßen, Blumen mit eckigen Gesichtern und Eskimos. Es waren immer kleine Eskimos, die unsere Liebesbriefe zierten. Ich versuchte mich im Zeichnen und du fandest: „Das ist ein Eskimo."

Als die Stühle auf die Tische gestellt werden und unser japanischer Kellner umständlich anfängt, unter den Tischen zu kehren, mache ich dir den Vorschlag, bei mir noch einen Tee zu trinken.

Du aber sagst: „Das geht heute nicht so gut."

Ein fremder Schatten auf deiner Zunge.

„Wir haben zu lange geschwiegen", fährst du leise sprechend fort.

Wie endgültig das klingt. Deine Worte winden sich zögerlich aus deinem Mund. Sie brechen in Buchstaben und fallen geradewegs in meinen leeren Teller.

Ich trinke meinen Saki und ein Riss durchzieht mein Herz. Das geht. Man kann sehr wohl solche alltäglichen Dinge tun, wie einen Saki trinken, derweil irgendwelche Worte das Herz bis an seinen Rand durchtrennen.

Ich überlege, ob ich aufstehen und dich hier im Restaurant sitzen lassen soll. Ich überlege, was ich sagen oder tun soll. Ich überlege einfach und werde mir unserer verlorenen Zeit gewahr, diese kleinen, staubigen Sekunden, die nun schneller zwischen uns fallen.

„Warum haben wir uns nie eine zweite Chance gegeben?", frage ich. Und meine Stimme ist weniger als ein Flüstern, ein Hauchen vielleicht. Es ist wie ausatmen.

Wie du den Finger nun auf deinen Mund legst und mich zum Schweigen mahnst. Du wendest dich ab. Willst zahlen. Für mich und dich. Ich bedanke mich für die Einladung. Du fängst an zu weinen.

Abschied. Ich küsse dich auf deinen tränennassen Mund. Und dann nimmst du mich in deine Arme.

Du stehst vor mir, in deiner ganzen Herzenspracht, wir sehen uns an, küssen zärtlich unsere Hände. Oder küsse ich deine Hände? Oder du meine? Ich bin sprachlos und gelähmt vor Angst. Jedes Wort, das jetzt über meine Lippen kommen könnte, würde dich erschrecken.

Du murmelst etwas von „beziehungsunfähig" an meinem Hals, der ganz nass geworden ist. Und sagst: „Du bist so schnell". Das klingt wie ein Vorwurf.

Ich fange an, mich in einen Strudel hineinzureden, der mich fortreißt von diesem Zauber, der dich umgibt, immer umgeben hat, wenn du geweint hast. Anstatt dich zu trösten, rede ich. Ich erkläre mich. Ich erkläre mich dir hin. Ich erkläre dir die ganze Welt.

Du aber sagst gar nichts, und mir bleibt nichts mehr, als dir eine gute Nacht zu wünschen. Dich ein letztes Mal kurz an mich zu drücken. Müde auf mein Fahrrad zu steigen und auf weißen Straßen nach Hause zu fahren.

Die eintönigen Wiederholungen unserer Zusammentreffen lassen das Dach unserer ewig geglaubten Liebe einstürzen. Die Dunkelheit schleicht wie ein müdes, altes Tier durch die Stadt. Die Kastanienbäume trinken vom Mondlicht und erzittern, als ich an ihnen vorbeifahre. So schnell. Mein Herz – wie anders sollte ich das, was in mir drinnen so wehtut, nennen? – hat keine Jahreszeit mehr. Ich summe das kopflose Lied, das ich seit Jahren summe, wenn ich an uns denke, als ich in dieser Nacht zu Bett gehe und sich die Unendlichkeit und Verlorenheit unserer Existenz im Universum neben mich auf das Kissen legen.

Wie habe ich das alles vermisst. Ich hätte dich mitnehmen sollen. Wir hätten nicht miteinander geschlafen. Wir hätte uns einer unserer Fantasie-Geschichten erzählt, bevor du eingeschlafen wärst. Ich hätte nur dein Gesicht gestreichelt, dir einen Gutenachtkuss gegeben und meine Hand in die deine gelegt, damit du mich festhalten kannst.

Eine Nacht. Ein Traum. Wie so oft, stehe ich auch diesmal wieder vor dir und versuche dich, du Schlafende, wachzurütteln. Wie du da liegst. Unbeteiligt. Unbekümmert. Friedlich.

Dein schulterlanges Haar, das sich während unserer Nächte über deine und meine Augen legte. Dein Mund, mit von saugenden Küssen wundgemachten Lippen, liebesverzweifelte Worte in mich hinein murmelnd.

Immer ein bisschen nach Vanille riechend, deine Haut. Rosarote Küsse – von dir täglich, ja stündlich, auf meine Seele gehaucht. Dein zärtliches Schauen auf mein Innerstes. Zarte Handgelenke, an deren Innenseiten das warm pulsierende Leben vorbeizieht.

Ich wache auf mit Traumkleidern, die auf den Innenseiten beschrieben sind.

Ist es deine schöne Handschrift? Sind das deine lustigen Skizzen, die du jahrelang auf dem Küchentisch für mich hinterlassen hast, als du früh zur Arbeit fahren musstest? Ich weine, noch bevor ich weiß, welchen Tag wir heute haben.

Gestern hast du mein Gesicht in deine Hände genommen, hast mein ganzes Ich an deine Lippen geführt. Du hast dich an mich gedrängt – und warst trotzdem erleichtert, als ich gegangen bin. Du bist unter dem grellen Neon-Schriftzug des japanischen Restaurants stehen geblieben und hast mir nachgeschaut, ein bisschen ängstlich.

Gestern haben wir uns geküsst. Du warst da in meinen Armen und es war wie früher. „Nichts ist vergessen", hast du gesagt.

Nachdem du dich nicht meldest, trotz Versprechen, mit mir heute Morgen, am Silvestermorgen, ins Museum zu gehen – so wie wir das oft getan haben –, weiß ich, dass du fest entschlossen bist, die Erinnerungen ruhen zu lassen.

Nach kalten Frühmorgenstunden in meiner Wohnung radle ich alleine ins Museum. Wer weiß, vielleicht bist du ja da.

„Ich komme mit", sagt Kristin, während ich, Handy am Ohr und bereits vor dem Museum stehend, versuche, das Fahrrad abzuschließen.

„Du, ich bin schon da. Wenn überhaupt, dann lass uns abends treffen. Ich möchte jetzt alleine ins Museum gehen."

„Schade, schade, meine Liebe. Ich hätte dich gerne etwas abgelenkt. Und ich hätte die Ausstellung sehr gerne gesehen. Mit dir. Aber okay. Dann feiern wir eben am Abend zusammen."

„Feiern?"

„Ja, Feiern. Ich erinnere dich daran, dass wir heute Silvester haben. Das ist der letzte Tag im Jahr, wo alle Menschen, die sich das leisten wollen und können, sich auf irgendeine Art verlustieren, um das vergangene Jahr zu verabschieden und das neue Jahr voller Vorfreude zu begrüßen. Meistens mit ein paar Gläsern

Sekt, Glockengeläute und Fanfarenklängen. Also, das wäre heute. Und Jana und ich haben vor einigen Wochen Tickets für die ‚Sylvestra' gekauft. Und dich nehmen wir mit."

„‚Sylvestra'?"

„Genau. ‚Sylvestra'. Sag mir nicht, dass du dich nicht mehr daran erinnern kannst."

„Dunkel."

„Also, wir gehen da hin. Mit dir. Alle zusammen."

„Es gibt doch keine Karten mehr. Zur ‚Sylvestra' gehen alle hin. Es gibt bestimmt keine Karten mehr. Und überhaupt, was soll ich da?"

„Dich langweilen? Verloren in einer Ecke stehen? Dir wird schon was einfallen. Wir holen dich ab. Gegen 18 Uhr. Für Übernachtung ist gesorgt. Wir haben ein großes Zimmer im ‚Schützen' gebucht, das schnuckelige Hotel im Dorf. Da passt du mit all deinem Herzschmerz noch prima mit rein. Und am Morgen danach, am Neujahrstag, machen wir alle zusammen einen schönen Waldspaziergang. Einverstanden?"

Ich wandere durch das menschenleere Museum. Erinnerungen an stundenlange Spaziergänge durch die Museen dieser Stadt. Hand in Hand mit dir. Wir haben uns gegenseitig aus dem Ausstellungskatalog vorgelesen. Fast jeden Samstagmorgen. Und eben: Immer an Silvester.

Diamantenlicht blitzt durch die großen Fenster. Vor mir ein weiter, mit dunklem Eichenboden ausgestatteter Raum. Ich setze mich auf einen der Fauteuils und betrachte den Wintergarten hinter dem Glas.

Ein hübscher, dunkelhaariger Student, der sich mit seiner roten Weste als Museumsangestellter zu erkennen gibt, spaziert mit auf dem Rücken verschränkten Armen an mir vorbei, grüßt höflich und lächelt. Wie gerne würde ich ihn zu mir auf die Bank ziehen, ihm alles erzählen, ihm in meiner Verzweiflung meinen sinnentleerten Körper verschenken. Oder der blonden Verkäuferin im Museumsladen. Egal. Einfach ein Gegenüber aus Fleisch und Blut und Augen und Lachen und einer Stimme, mit einem bestimmten Geruch, an den ich mich morgen erinnern und der mir doch fremd bleiben würde. Eine Aufregung nur. Eine Ablenkung. Etwas, das mich aus diesem ewigen Liebestrott bringt.

Ich ertappe mich dabei, wie ich auf eine SMS von dir warte.

„Mein Kopf ist so leer“ und „Ich verletzte immer alle Menschen“, meintest du gestern noch zwischen Sushi und Sashimi. Du würdest alle Menschen verletzen. Ja, wahrscheinlich tust du das.

Du bist so voller Widersprüche, und unerreichbar und verborgen bleiben alle deine Sehnsüchte. Deine Amokläufe treffen immer wieder mich. Und ich bin die, der du niemals ein Haar krümmen wolltest. Ich will mit dir die Welt erobern. Aber du stehst daneben und zählst an deinen Fingern ab, was dabei alles passieren könnte.

Es ist jetzt Zeit, nach Hause zu gehen. Schließlich ist das der letzte Tag im Jahr, und ich bin froh, ihn nicht alleine zu Hause verbringen zu müssen. Ich fahre durch die klirrend eisige Kälte zurück in die Stadt und versuche an dem riesigen Trauerkloß im Hals vorbei zu atmen.

Ich stehe in der Küche, trinke einen Sekt, lasse die kleinen Bläschen auf der Zunge gegen den Gaumen platzen, mache mich zurecht und erinnere mich an unseren letzten gemeinsamen Silvester.

Casoli. Du und ich und die große, bunte Welt. Der Morgen danach. Ein Neujahrsmorgen mit strahlend blauen Stunden, die sich voller Versprechungen über unsere Sturmherzen und Strubbelköpfe dehnten.

Wir lagen, kurz nur, aber immerhin, beieinander, Gesicht an Gesicht, und es war mir, als läge dein ganzer Körper, deine ganze Seele und alle deine Gedanken und Erinnerungen an unsere gute Zeit auf mir. Ich habe diesen Moment mit meinen Augen einbalsamiert. Im Wissen, dass wir dieses schöne Land, Italien im Winter, bald verlassen müssen.

In Stein gemeißelt sind die Erinnerungen an deine Liebesworte. Sie leuchten eigentümlich an den Wänden unseres Luftschlosses. Das dritte Sektglas trinkend und auf meinen Abholservice wartend, wandere ich durch die Gänge, Treppenhäuser und Zimmer dieses Schlosses, dieses Palastes, und bewundere die Stuckaturen, die glänzenden Parkettböden und Kassettendecken. Ich schreibe mit den Fingern in den Staub vergessener Räume hinein und an die beschlagenen Fensterscheiben. Wir würden uns immer noch zu Hause fühlen.

Bilder von Casoli dringen wie Wasser durch die Ritzen der Schiffswände in den stillgelegten Maschinenraum und weiter.

## Die Zeit ohne dich I

Es klingelt. Wintersturmklingeln am letzten Tag in diesem Jahr.

Es ist 18 Uhr, als ob das wichtig wäre, denke ich und öffne die Tür. Kristin, Jana und eine Unbekannte stehen auf der Treppe. Mit einer Sektflasche in der Hand und Nelkenzigaretten im Mund. Ich bitte das Trio herein. Ich mag keine Überraschungen. Und die Unbekannte ist eine Überraschung.

„Das ist Felice", wird mir die Unbekannte vorgestellt, als ich mit Gläsern, Oliven und gesalzenen Schwiegermutterzungen zurück in das Wohnzimmer komme.

Felice reicht mir die Hand. „Schön, eine Tanzpartnerin zu haben diese Nacht."

„Ich tanze nicht", grenze ich mich ab und zucke zusammen, als Jana den Korken mit einem Knall fliegen lässt, oder weil meine Lüge für alle so offensichtlich ist.

„Prost, Schätzchen. Auf dich und alle Tänzerinnen", sagt Kristin.

Und Felice fragt: „Und wo bleibt der richtige Toast?"

„Du meinst so was wie: ‚Das Wasser ist zu jeder Zeit die beste aller Gottesgaben! Mich aber lehrt Bescheidenheit: Man muss nicht stets vom Besten haben'?", frage ich unterkühlt zurück.

„Das wäre kein verlockender Start in den Silvester-Abend, meine Damen. Ich schlage vor, wir trinken zuerst auf die Gastgeberin", antwortet Felice unbeeindruckt und hebt das Glas. Als ob sie hier zu Hause wäre.

„Genau. Und ich fahre nicht Auto", proste ich allen zu und ertappe mich dabei, wie ich der guten Stimmung dieser Abendgesellschaft unverhüllt den Krieg erkläre.

Ich möchte doch nur in aller Ruhe dich vermissen. Ich will nicht, dass andere Menschen in den Kornspeicher meiner Sehnsucht dringen.

„Reiß dich zusammen", ermahnt mich Jana, als wir die Überreste des kleinen Apéros in die Küche stellen. „Felice ist sehr nett. Sie ist eine alte Freundin von Kristin und gestern von einer langen Reise unerwartet zurückgekehrt. Ohne Silvester-Pläne und gerade ziemlich einsam. Sie hat sich sehr gefreut, dich kennenzulernen. Herrgott! Kannst du unfreundlich sein!"

Ich sage nichts dazu und trockne die Gläser sauber ab.

„Du hast vorhin erwähnt, dass du nicht tanzt. Ich bestehe aber darauf, dich beim letzten ‚Rosa Ball' gesehen zu haben. Und zwar nicht als Biertrinkerin an der Bar oder sonst wie unbeteiligt am Rande Stehende. Du hast getanzt. Und zwar sehr gut."

Felices muntere Beharrlichkeit, etwas Freundlichkeit aus meinem Innersten zu locken, trotzt mir ein erstes Lächeln ab.

„Sie tanzt hervorragend", antwortet Kristin für mich. „Ich selber hatte früher, als die Lebensgeister sie wegen einer bösen, bösen Frau noch nicht verlassen hatten, die Ehre, mit ihr ab und zu über das Parkett zu schweben ..."

„... und heute Nacht wirst du wieder tanzen", unterbricht Jana Kristins kleine Stichelei.

„Gegen Rumba wäre ich heute Nacht vielleicht nicht abgeneigt“, höre ich mich sagen. Lauthals fangen sie alle an zu lachen. Wohl über die absurde Kombination unglückseligen Verlassenheitsschmerzes und Rumba. Dieser afro-kubanischer Liebestanz, der auch heute ein sehr werbender Tanzstil ist.

„Es gibt ja auch die extrem Fahnenflüchtigen beim Rumba. Dann wird's nicht ganz so eng beim Tanzen. Gehörst du zu denen?“, fragt Felice.

„Ich kann dich beruhigen. Schwingende Hüften sind das Eine, Annmache während des Tanzens das Andere. Ich flüchte erst bei dem Letztgenannten. Momentan“, antworte ich.

Felice lacht mir ins Gesicht: „Keine Bange. Ich bevorzuge auch den schweigenden Hüftschwung.“

Einen kurzen Moment lang werde ich mir bewusst, wie ich soeben versucht habe, ihr zu gefallen. An den Rändern meines dunkel-düsteren Farbklimas blitzten ein paar neue Akzente auf.

Wir ziehen uns die Jacketts und Wintermäntel über, verlassen die Wohnung und steigen in Kristins alten, hellbraunen 123er-Mercedes.

„Darf ich filmen?“, fragt Jana und packt ihre kleine Filmkamera aus, kaum befinden wir uns auf der Autobahn Richtung Berge. Ich habe mich schon lange an das obsessive Hobbyfilmen von Jana gewöhnt.

Ihr Kameraauge mache das Erlebte wirklicher. Und: „Alles halb so wild. Keine Sorge. Nächstes Jahr um dieselbe Zeit schauen wir uns das an. Das Material wird nicht anderweitig verwendet. Versprochen“, erklärt sie Felice kurz, als diese meint, das sei ein grober Verstoß gegen das Persönlichkeitsrecht.

„Die Videoüberwachung an öffentlichen Orten ist erlaubt, meine Liebe“, fügt Kristin hinzu.

„Wir sind aber nicht an einem öffentlichen Ort. Wir sitzen in deinem Auto. Wir sind hier quasi eingesperrt“, antwortet Felice.

Ich zünde mir eine Djarum Black an, ziehe den süßlichen Geruch tief in die Lungen und mische mich in das unbeschwerte Geplänkel ein: „Gut, dann sichern wir uns doch einfach die Rechte an diesem Filmdokument. Wir wissen ja, wie erfolgreich solche Pseudo-Dokus werden können."

Der würzige, aromatische Duft vermischt sich mit dem Ledergeruch der Sitzpolster, am Horizont zeichnen sich langsam die Umrisse mächtiger Berge ab, und das „Edmundo Ros & His Rumba Band" spielt zum dritten Mal einen Cha-Cha-Cha, worauf Kristin erklärt, warum die Repeat-Taste das wichtigste Teil an ihrem CD-Player ist.

Die erste Nadelkurve nimmt Jana zum Anlass, unanständige Interviews mit Felice zu führen, was diese kein bisschen in Verlegenheit bringt. Freimütig gibt sie Auskunft und: Ihre Anekdoten lassen auf ein aufregendes Liebesleben schließen. Als die Kamera zu mir herüberschwenkt mit der Bitte, eines meiner dunkelsten Geheimnisse preiszugeben, winke ich ab. „Ich habe keine. Geheimnisse. Schaut doch mal raus. Gleich wird's schneien."

Ich bin ganz hingerissen von der Klarheit des Sternenhimmels, der sich unmerklich über das Land gespannt hat. Die Stille draußen, an der wir vorbeifahren, riecht nach Schnee.

Mit einem letzten schwungvollen Dreh parkt Kristin vor unserem Hotel. Ein zweihundert Jahre alter rustikaler, aber mit viel Stil renovierter Gasthof mit urchigem Gebälk, guter Küche, kuscheligen Zimmern und einem ruhigen Ambiente. Zu meiner Freude ist noch ein Einzelzimmer kurzfristig freigeworden. Jana, Kristin und Felice beziehen das große Zimmer unter dem Dach und ich das schöne, kleine Eckzimmerchen mit Sicht auf den frostigen, leicht mit Schnee bedeckten Garten. Nach dem Einchecken steigen wir erneut in den Wagen und fahren drei Kurven weiter den Berg hinauf zum Veranstaltungsort. Ein historisches Jugendstilhotel, oberhalb des Dorfes am Rande des Waldes. Wie ein Adlerhorst thront der altehrwürdige, wuchtige Kasten über dem Tal.

Durch die großen Bogenfenster und Türen, die auf die Terrasse und den vorliegenden Hotelpark führen, dringen Gemurmel und Gelächter – die ersten akustischen Boten einer verheißungsvollen Nacht. Über die geschwungene Außentreppe gelangen wir in das Innere. Wir treten ein und werden sogleich von der Gastgeberin, die in Dunkelgrün gekleidet, mitten in der großbürgerlichen Grandezza der Empfangshalle steht, begrüßt. Über karminrote Teppiche wandeln wir an ornamental verzierten Glastüren, großen goldenen Spiegeln und damastenen Schmucktapeten vorbei in den großen Esssaal. Klaiverspiel ertönt, auf einer kleinen Bühne werden Stühle und Instrumente zurechtgerückt und ein Apéro-Buffet ist angerichtet.

Ganz vom opulenten Lebensstil der vergangenen Zeit inspiriert, sitzen wir mit übereinander geschlagenen Beinen in weichen Leder-Fauteuils, rauchen Nelkenzigaretten, trinken gekühlten Gingerale und betrachten die glitzernden, geschliffenen Lüster hoch über unseren Köpfen.

Ein kleines Salonorchester spielt auf, und zum ersten Mal bemerke ich die anderen Gäste. Zahlreiche Frauen in schicken Hosenanzügen und wallenden Ballkleidern haben sich zur siebten „Sylvestra" eingefunden.

Vertraute Gestalten hie und da, meistens aber fremde Gesichter. Und du fehlst. Die Geräusche im Saal verdichten sich zu einer puderigen Kulisse. Ich stehe auf, öffne eines der großen Fenster und lasse die eisige Luft in meinen Körper dringen. Draußen liegt die mächtige Bergnatur in dunklen Falten. Ich vermisse dich so sehr.

„Kurz vor Mitternacht werden ‚Macha Queers' spielen", sagt Jana und hält mir einen Flyer unter die Nase.

„Kenne ich nicht", gebe ich zur Antwort.

„Natürlich kennst du die."

„Was ist das für eine Band?", fragt Felice und bietet mir ein Häppchen von ihrem Teller an. „Hier, hast du keinen Hunger?"

„Also, ‚Macha Queers' ist eine lesbische Frauenband aus Italien, glaube ich", gebe ich zur Antwort und esse anstandshalber ein belegtes Pumpernickel mit Sprossen von Felices Teller.

„Und?"

„Was und?"

„Ja, was spielen sie?", will Felice wissen.

„So eine Art ‚Tropical Punk'. Aber mit mehr Cumbia als Punk. Zum Glück. Ich mag Punk nicht. Ihre Texte sind frech und witzig. Und queer, gay, bi etc. ist Thema Nummer Eins."

„Wow! Ich dachte, du kennst sie nicht. Danke für die Ausführung", antwortet Felice und in ihrer Stimme liegt liebevolle Ironie.

„Die ändern immer wieder ihre Besetzung. Drum kenn ich sie wahrscheinlich nicht wirklich heute Abend", versuche ich meine Sprödigkeit ungeschehen zu machen.

Ich mag doch gar nicht reden. Kristin scheint die einzige zu sein, die das bemerkt, und drückt mir ein Sektglas in die Hand: „Trink das und dann geh tanzen. Gleich geht's nämlich los."

Kristin ist der einzige Mensch, dessen Anweisungen, mögen sie noch so knapp sein, ich ohne Widerrede befolge.

Pulsierende, aufgeregte Frauenherzen umgeben uns in immer dichter werdenden Kreisen. Das Buffet wird mit weiteren Köstlichkeiten bestückt, Sektkorken knallen gedämpft durch den Raum. Die Gastgeberin betritt die Bühne, begrüßt die Anwesenden und bittet zum ersten Tanz. Somit wären die offiziellen Pforten zu dieser heiligen Nacht geöffnet. Ich schaue dem Treiben eine Weile zu und fordere dann Kristin zum Tanz auf.

„Ich meinte, du sollst mit Felice tanzen. Nicht mit mir", raunt sie mir kurz ins Ohr und erhebt sich anstandslos.

Wir begeben uns aufs Parkett.

„Ich will nicht mit Felice tanzen. Ich will mit dir tanzen."

„Du könntest trotzdem ein bisschen netter zu ihr sein, finde ich. Außerdem: Felice tanzt sehr gut."

„Ich bin doch nett. Und du tanzt eben auch gut. Ich kann nicht mit Fremden tanzen. Weißt du doch. Ich mag das nicht. Das ist mir zu kompliziert.“

„Komm. Schweig jetzt, lächle und tanze einfach“, gibt Kristin lakonisch zur Antwort und dreht mich um die Achse.

Der Mond hängt wie ein großer, runder Lampion vom schwarzen Dach des Himmels herunter und lässt die dünne, knirschende Schneedecke funkeln. So jedenfalls kommt es mir vor, als ich nach vielen Stunden Tanz, erhitzt und ein bisschen erschöpft, auf der Terrasse stehe. Das Gewicht des ganzen Hauses mit seinen vergangenen Hotelgeschichten schmiegt sich an meinen Rücken.

„Hallo“, höre ich eine vertraute Stimme hinter mir. In der halben Sekunde, in der ich mich umdrehe, versuche ich die Stimme einer Person zuzuordnen. Italien? Zirkus? Es will mir nicht einfallen, woher ich diese Stimme kenne.

Luzia steht strahlend vor mir. Sogleich bemerke ich das „Macha Queer-Armband“, das sie als Bandmitglied auszeichnet.

„Sammelst du Kräfte hier draußen an der frischen Luft für die heiße Bühnenshow?“, begrüße ich sie und küsse sie auf die Wange.

Luzia lacht und schweigt. Ich mag schweigende Momente nicht, die Personen dazu veranlassen, bedeutungsschwangere Dinge zu sagen – oder noch schlimmer – zu machen.

So rede ich rasch weiter: „Ich wusste nicht, dass du da mitmachst. Toll! Ich freue mich sehr auf das Konzert nachher. Und vor allem: Ich bin sehr gespannt auf deinen Part.“

„Ich singe“, antwortet Luzia und nimmt meine Hand. Ihr leises Lachen wird als kondensierter Atem in der kalten Luft sichtbar, ist unaufdringlich und ohne jede Koketterie. Ihre Hand blieb nur ganz kurz bei meiner.

Dann verlieren wir uns in einem Gespräch über das Singen grundsätzlich. Dass ich diesbezüglich fürchterliche Hemmungen hätte und dass ich eigentlich manchmal nichts lieber täte, als zu singen. Laut und ungestüm oder leise und traurig wie jetzt gerade. Mir fällt auf, dass sie ein bisschen hinkt, als wir so nebeneinander im Garten umhergehen.

„Was hast du?", frage ich sie.

„Ach das. Das war ein blöder Trapezunfall", antwortet sie und verabschiedet sich dann mit den Worten: „Ich muss jetzt leider los. Ein letzter Soundcheck. Aber: Vielleicht tanzen wir zwei? Nachher mal?"

Nach drei Tänzen mit Kristin und einem weiteren Halbdutzend mit Felice, deren sicherem Führungsstil ich meine heimliche Bewunderung zolle, wird das kleine Tanzorchester von den „Macha Queers" abgelöst.

Wie sie da steht. Groß, schlank und aufrecht. Mitten im Kegel eines Scheinwerferlichtes, umringt von Schatten. Einsam. Die salopp und bunt gekleideten „Macha Queers", sonst immer vorlaut, witzig und turbulent, sind hinter ihren Instrumenten andächtig still geworden. Luzias raue, sinnliche Stimme wird es sein, die den Anwesenden in Erinnerung bleiben wird.

Sie gefällt mir. Mir gefällt, wie ihr Haar die geschlossenen Augen verhüllt und wie ihre Stimme die erwartungsvolle Stille im Raum durchbricht. Ihre Stimme, die zuerst die schlafende Sehnsucht Liebender wachküsst. Und dann, unterstützt durch perfekte Stakkato-Perkussion, den Herzschmerz unerwartet entmystifiziert.

Es ist, als würde sich der große Saal aus den Angeln heben und langsam zur Decke schweben. Ein schwereloser Raum, auf dickflüssiger Lava schwimmend. Fiebrige Augen, die in der Dunkelheit in jeder Gestalt die Schönste entdecken. Heiße Gesichter und vor Aufregung geblähte Herzen versinken im süßen Schweiß, der unter prachtvollen Ballkleidern und eleganten Hosenanzügen verborgen bleibt. Aber ich kann ihn riechen.

Und manchmal steigt mir dein Duft in die Nase und dann schließe ich rasch die Augen, damit ich dich gleich neben mir erahnen kann.

Nach dem Konzert ist der Raum geschwängert vom Applaus. Die „Macha Queers“ verschwinden von der Bühne und das kleine Salonorchester zupft die Saiten wieder zurecht, leckt die Mundstücke der Blasinstrumente ab und macht sich bereit für einen weiteren musikalischen Akt der heutigen Nacht. Nachdem auch ich zwei glasierte Hühnchenschenkel mit Honig-Pflaumen-Kruste und Unmengen von Kirschtomaten mit Ziegenkäse und Knoblauchpfeffer verspeist habe, raunt mir Luzia ins Ohr.

„Das gibt Mundgeruch.“

„So?“, antworte ich kurz.

„Sehr.“

„Und jetzt?“

„Jetzt? Ich probiere auch mal. Aber eigentlich würde ich lieber in der Küche Spaghetti essen.“

„Mach das doch“, bleibe ich kurz angebunden.

„Um Gottes willen, was habe ich getan? Was habe ich gesungen? Wohin ist dein Charme denn entflohen?“

„Ich war nie besonders charmant“, antworte ich und drehe mich zur ihr hin.

„Nun, das habe ich anders in Erinnerung. Würdest du mich begleiten? In die Hotelküche? Dort könnten wir etwas Anständiges essen“, fragt sie mich.

„Ich dachte, du willst tanzen.“

„Gerne. Aber nach den Kohlenhydraten. Du hast doch keine Angst vor Kohlenhydraten?“, versucht sie es neckisch mit einem Blick auf meine Beine.

Das war gut, denke ich und begleite Luzia in die Hotelküche, in der ein großer Holztisch für die Band hergerichtet wurde. Die Köchin reicht mir die Hand, als Luzia mich vorstellt, und stellt eine Flasche Rotwein vor mich hin, damit ich diese „schon mal öffnen“ kann, das Essen würde gleich kommen.

Dampfende Teller mit Spaghetti, Tomaten, Parmesan, Pinienkernen, Knoblauch und Basilikum, rotweinbauchiges Gläserfunkeln und Luzias Lachen. Daran werde ich mich erinnern. An diesen ungeplanten Abstecher in eine fremde Hotelküche in Gesellschaft Unbekannter.

Luzias Präsenz ist aufmerksam und von angenehmer Zurückhaltung, als sie sich mit der Köchin unterhält und diese die Anekdoten der letzten „Sylvestra“ zum Besten gibt. Ich esse schweigend, nippe am Wein und beobachte Luzia aus der Distanz.

Als wir zurück in den Tanzsaal gehen, legt Luzia ihre Hände auf meine Hüften und steuert mich sicher durch die Menge zur Tanzfläche. Der sanfte Dufthauch ihres Parfums vermischt sich mit ihrem kühlen Menthol-Atem, der fast unmerklich meinen Nacken streift.

Mein Herz stolpert kurz. Der Verlust meines normalen Herzrhythmus, wenn es aufregend wird, ist mir bestens vertraut. Diesen Extrasystolen, Kurzschlussverbindungen oder Fehlzündungen, schenke ich aber keine besondere Aufmerksamkeit mehr, nachdem ein Arzt mich über die Ursachen supraventrikulärer Tachykardien aufgeklärt hatte.

Hauptsache, ich werde nicht bewusstlos, denke ich, als Luzia ihre Hand auf meinen Rücken legt: Und: Hoffentlich kann sie überhaupt tanzen, denke ich auch noch.

Dann wagen wir die ersten Schritte. Rumba. Umringt von glücklichen Paaren, die alle engelsgleich übers Parkett schweben. Aber das wird wohl eine optische Täuschung sein.

„Geht's mit deinem Bein?“, frage ich Luzia.

„Alles in Ordnung. Nur manchmal tut es weh. Wenn ich lange stehen muss“, antwortet Luzia und verstärkt ihren Händedruck.

Meine Befürchtung, was Luzias Tanzstil betrifft, löst sich rasch auf. Ihre Bewegungen sind harmonisch und weich. Präzise und sicher führt sie mich durch die Menge. Und so tanzen wir miteinander. Zwischen uns zehn Zentimeter wachsendes Begehren. Der schmale, senkrechte Raum zwischen unseren atmenden Bauchdecken füllt sich mit Ahnungen.

Wir tanzen, als stünden wir auf einer Bergspitze, von der wir beide bei der kleinsten Bewegung außerhalb des regulären Tanzrepertoires hinunterfallen könnten. Jedes zunehmende Gramm an Lebendigkeit in unseren Bewegungen, jeder Seufzer, jedes Atemholen, jedes Heben und Senken der Brust kommt einer Einladung gleich, die Lippen zu öffnen.

Irgendwann legt sie schweigend lächelnd ihren Mund an mein Ohr.

Eine halbe Stunde vor Mitternacht begeben sich alle Gäste nach draußen und versammeln sich um ein großes Feuer. Die Dorfkirche läutet das alte Jahr aus. Den Countdown ins neue Jahr verpasse ich irgendwie, wohl weil Luzias ruhige Art, neben mir zu stehen, mich aus der Fassung bringt, und dann wird Sekt serviert und vom Balkon der Beletage schweben silbern und golden glitzernde Papierstreifen herunter. Das traditionelle Posaunenspiel junger Bergburschen unterhalb der mächtigen Felskanzel am Dorfrand erklingt, und dann vernehmen wir das Kirchengeläute, die Begrüßung des Neuen Jahres.

Ich falle Kristin in die Arme, küsse Jana und schließlich Felice, bevor ich wieder vor Luzia stehe und fieberhaft überlege, wie ich ihr die Neujahrswünsche überreichen soll.

„Das wird ein gutes Jahr“, lacht sie mir entgegen und küsst mich dann lange, warm und trocken auf den Mund. Ich lehne mich kurz an ihre Brust und es ist, als würde ich durch das dicke Futtermaterial der Daunenjacke ihr wild klopfendes Herz spüren.

Drinnen im Hotel spielt das Salonorchester zum ersten Swing-Stück auf. Aufgeregt drängelt die Gästeschar zurück in die warmen Eingeweide des Hauses.

Ein paar vereinzelte Gestalten bleiben zurück. Wohl Herzverletzte, schwierig, schwer oder unglücklich Verliebte. Sie bleiben am Feuer und messen den in den dunklen Nachthimmel züngelnden Flammen bedeutungsvolle Wichtigkeit bei, suchen das eine oder andere geheimnisvolle Zeichen im wilden Feuerorange. Aufmerksam widmen sie sich ihrer existenziellen, überschwemmenden Melancholie und verpassen den einen oder anderen Neujahrskuss.

Im ersten Stock des Hotels, im blauen Salon, empfängt eine Kartenlegerin neugierige Frauen. Kristin schiebt mich die Treppe hoch, nachdem ich mich von Luzias Daunenherzklopfen kommentarlos gelöst habe.

„Komm schon“, sagt Kristin.

„Ich will nicht.“

„Doch. Mach das jetzt. Bevor du dich der Erstbesten ans Herz wirfst, solltest du dir vorher das Orakel von ‚Sylvestra‘ anhören.“

„Entdecke ich in deiner Frau etwa eine spirituell-esoterische Nothelferin?“, frage ich Jana erstaunt.

„Das wäre mir aber neu“, antwortet Jana ebenso erstaunt über Kristins Vehemenz, das Neue Jahr mit kartenlegerischer Beratung zu beginnen, und geht Schulter zuckend mit Felice zusammen zurück in den Tanzsaal.

„Ich werde mich von Vorurteilen befreien und einen Neustart wagen. Sagt das Orakel. Prima, Kristin. Ich bin so froh, dass ich nun endlich weiß, was ich tun soll. Ich danke dir ganz herzlich für deine wohlwollende Umsichtigkeit, mich zum Orakel geführt zu haben, das meinem Leben nun einen neuen Sinn gibt. Lass dich küssen, meine liebste Freundin.“

Und wir küssen uns herzhaft auf die Lippen. Zum Spaß. Und lassen den Mund ruhig auf der zarten Haut unserer Lippen liegen. Fast so, als würden wir schlafen, als wären wir erschöpft vom letzten Jahr. Kristins Lippen, die sich dann leicht öffnen, machen mein Hirn wieder klar und geistesgegenwärtig. Mit weichen Knien, aber mit beherzter Anständigkeit drücke ich sie sachte von mir weg.

Wir reden nicht darüber. Wir haben nie über diese verborgene Anziehung gesprochen. Leichthin überspielt und im Einerlei des Alltags fast vergessen, haben wir uns nach einer turbulenten Kennenlerngeschichte in einer pathetischen Aktion ewige Freundschaft geschworen. Und so wird es bleiben.

Wir lösen uns aus der dunklen Ecke des Flurs und gehen über die Treppe zurück in den großen Salon, in dem zwei Tänzerinnen, beide als halb Mann, halb Frau verkleidet, wie ein Göttinnen-Götter-Paar durch den Raum schweben und uns allen zeigen, wie das geht mit dem Walzer.

Durcheinander von Kristins schlafendem Kuss wandern meine Augen durch den Saal und entdecken Luzia an der Bar. Langsam gehe ich auf sie zu und nehme sie an die Hand. Ihr fragender Blick, was diese Eile soll, beantworte ich nicht.

Gemeinsam schieben wir uns durch die Menge, die sich dampfend den letzten heißen Latino-Rhythmen dieser Nacht hingibt. Mir scheint, als würden sie alle an diesem ersten Tag des neuen Jahres das Bestmögliche an Glückseligkeit und fröhlicher Verrücktheit einfordern.

Aus den Augenwinkeln sehe ich Kristin, die nun endlich mit Jana einen einsamen Tanz in der Ecke des Raumes tanzt.

In meinem Zimmer riecht es nach Schnee, und die Nacht hat sich in den letzten Stunden hineingeschlichen. Ich zünde Kerzen an und gehe dann zu Luzia, die bewegungslos und still mitten im Raum steht. Ich küsse ihren Hals. Weil es egal ist, ob wir Zeit verlieren oder nicht. Ich berühre das erste Mal mit meinem Mund ihre Haut. Diese erste Grenze, die so leicht zu überwinden ist.

Ich nehme ihr Gesicht in meine Hände und küsse ihre Augen, die sie nicht schließen will.

„Ich will dich anschauen. Ich will dich anschauen", flüstert sie unentwegt. Ich küsse sie. Ihr Gesicht, ihre Hände, und schließlich finde ich ihre Lippen. Mein ganzes Herz möchte sich in ihren Mund ergießen. So wie früher. Bei dir.

Ich entkleide sie langsam und führe meine Hand in ihr Innerstes, lasse dabei meine Finger in ihr Herz gleiten. Es ist, als ob wir, auf einer Sanddüne liegend, langsam hinunter in eine Oase mäandern. Der Parkettboden ist silbern geworden vom Mondlicht, die Fenster sind offen, und die weiß gerafften Vorhänge bauschen sich leise in den Raum hinein.

Luzia flüstert. Und ihr Flüstern ist wie ein Sternenlied. Etwas daran erinnert mich an uns. Das Flüstern dringt aus den Tiefen ihres Begehrens. Sie hält mich fest in ihren Armen, als ich, auf ihrem sehnenden Körper liegend, einschlafe. Vielleicht verliebe ich mich.

Ich wache auf. Mein Blick fällt auf die Schlafende neben mir und augenblicklich weiß ich, dass ich sie, deren Hand die ganze Nacht auf meinem Bauch gelegen hat und deren Atem sich während der schlaftrunkenen und liebesmüden Stunden mit dem meinen vermischt hat, wie sie da liegt in ihrer rosa und verletzlichen Nacktheit, niemals so lieben werde wie dich.

Luzia schläft ruhig. Ich liege mit offenen Augen in den weißen, zerknitterten Laken und lasse mich von den Bildern der letzten Nacht überrollen. Schnellzugsgleich gleiten alte Erinnerungen an mir vorbei.

Als der Zug zum Stehen kommt, ich aussteige und die letzten paar Schritte zum endgültigen Wachwerden mache, stehst du plötzlich da.

„Du bist heute Nacht durch mein Herz gehämmert." Wie du das sagst.

Ich antworte dir in Gedanken, dass meine Sehnsucht nach dir nicht so schlimm ist, dass ich sie schon ertragen würde. Was mich so unendlich verzweifeln ließe, wäre die Tatsache, dass du, die Eisprinzessin, sich nie mehr trauen würdest, die Hand nach mir auszustrecken.

Vor vielen Jahren bin ich an einem unbekannten Bahnhof ausgestiegen. Ich bin dort geblieben. Mittlerweile ist der Bahnhof verlassen, der Wind wohnt darin und mit ihm viele hässliche Tauben, die sich fortpflanzen und mit gelben Augen um meine Füße tanzen. Es riecht nach Herbst. Zu jeder Jahreszeit. Und in mir drinnen liegt die Wehmut wach. Hie und da rollt ein kleiner Zug heran, und dann mache ich mich hastig zurecht und warte freudig darauf, dich zu sehen. Aber da steigt niemand aus. Die Züge sind leer und fahren leer wieder weiter. Du hast gesagt, eines Tages würdest du aussteigen, mich mitnehmen und mit mir zurückfahren. Ich solle nur geduldig sein und auf dich warten.

Ich warte an diesem windigen und verlassenen Ort, habe vergessen zu essen und zu trinken und lese immer wieder die gleichen alten Zeitungen, die eilige Passanten vor Jahren haben liegen gelassen.

Ach, wir haben so viel geredet. Wir haben so viel geredet.

„Wir sind nicht alleine auf der Welt", sagst du dann leise und lehnst deine heiße Stirn gegen eines der kühlen Zugfenster. Dann setzt sich der Zug rüttelnd in Bewegung, und dein Gesicht gleitet an meinem vorbei. Als ob ich das nicht wüsste.

Meine Liebe zu dir ist eine Wurzel, die in meinem inneren Erdreich wächst.

„Ich bin eine Schneekönigin", hast du vor langer Zeit gesagt. Und so schneit es seit Jahren in mein Herz. Kristalle wachsen in meinen Augen, machen mich blind, derweil du unaufhörlich auf mich herabschneist und alle unsere Geheimnisse unter einer weißen, sauberen Hülle zudeckst.

Ich harre aus und warte. Auf die sich wärmende Erde, auf die ersten weißen Zwiebelknospen, die langsam aus dem Boden stoßen. Der Frühling, zartgrün und seelenleicht von den nahen Bergen heruntergleitend, legt sich auf das Schneedeckenland. Die Erde schwillt an und gebiert alle Kreaturen neu. Nur unseren Flecken Erde hat der Frühling vergessen – reglos, einsam und zeitlos verharrt er im Schatten, im Schnee. Mitten darin liegt die Schneekönigin. An ihrer Hand das Kristallaugen-Wesen, das sich einen Engel wünscht, der es in seinem warmen, aufgeplusterten Herzen versteckt und in einen der warmen Tage des angrenzenden Frühlingslandes legt. Eine Nacht, ein Morgen. Ohne dich. Ich lege mich zu dir in Gedanken und halte dich fest.

„Aufwachen." Zärtliche Worte in mein Ohr gehaucht und einen kleinen Moment lang rieselt ein Strom voller Glück durch meine Adern, weil ich meine, deine Stimme erkannt zu haben.

Ich bin wieder eingeschlafen und mit Kopfschmerzen aufgewacht.

„Hier trink." Luzia reicht mir ein Glas Wasser mit einem sprudelnden Alkaselzer darin und küsst mich zärtlich auf den Mund.

„Danke", sage ich und versuche die Kälte, die meinem Herzen entströmt, mit den bloßen Händen zuzudecken.

## Die Zeit ohne dich II

Weicher, unberührter Schnee unter unseren warm gefütterten Stiefeln. Es hat geschneit in der Nacht. Jana hat den Arm um Kristin geschlungen, Felice und eine mir unbekannte Frau, die sich Nathalie nennt, gehen vor mir her, und Luzia wärmt meine kalten Hände.

Die kleine Wintergesellschaft stampft fröhlich durch den Wald und gibt sich in bester Laune. Die irrige Interpretation, dem Beisein meiner handwärmenden Begleitung entsprungen, ich sei frisch verliebt, versuche ich Jana später bei Tee im Dorfrestaurant auszureden.

„So verlockend die Annahme auch ist, ich bin nicht verliebt."

Doch sie lächelt glücklich und tätschelt kommentarlos meine Hand.

Später auf dem Rückweg reicht mir Luzia wieder die Hand, und ich versuche möglichst wenig Intimität aufkommen zu lassen, überhöre ihre: „Ich bin so glücklich, dich kennengelernt zu haben", „Erzähl mir von dir", „Gestern Nacht, das war einfach unglaublich", „Du hast mir wieder Leben eingehaucht."

Sie tanzt mit all ihrer Herzenspracht um mich herum und wirft mit vollen Händen Rosenblätter auf den Weg.

Die Sonne steht schon tief, als wir uns verabschieden und ich an Luzias sehnende Lippen mit kleinen, eiligen Küssen vorbeiküsse. Erleichtert steige ich in Kristins Auto, schlafe nach drei Kurven ein und wache erst auf, als der Wagen vor meinem Haus zum Stehen kommt. Schlafwarme Wangenküsse zum Abschied.

Nach fünf Stunden Schlaf bin ich morgens um sieben bereits im menschenleeren, dunklen Bürogebäude. Der Fluss schlängelt sich schwarz glänzend durch die stille Stadt. Es schneit ein bisschen vom dunkelgrauen Himmel herab. In unserem Großraumbüro riecht es nach Mandarinen und Nüssen; auf dem Empfangstisch von Katrin trocknet ein Adventskranz vor sich hin. In der kleinen Küchenzeile stapeln sich Feierabend-Bierflaschen. Ich bin froh, wieder heimischen Boden unter den Füßen zu spüren, und stelle, während ich in meinen Glaskasten marschiere, im Vorbeigehen den Drucker, den Kopierer und sonstige Gerätschaften an. Die Bürofreunde blinken freudig auf und begrüßen mich mit ihren Geräuschen.

Ich checke die Mailbox. Endlich wieder online. Ich liebe diese schnelle Kommunikation und habe entgegen meinen sonstigen Gewohnheiten die Zeit zwischen den Jahren ohne Internet und Mailverkehr zugebracht. Meine Neugier mischt sich mit Erregung und ein bisschen Furcht, während ich die Mails vom Server lade – wie immer, wenn ich eine Zeit lang weg war. Unmengen von Spam, ein paar PDFs von der Werbeagentur für die neue Werbekampagne, Angebote von Direktversand-Dienstleistungen, viel interne Post, viele zur Kenntnisnahme-Mails, ein paar Terminvorschläge, einige Newsletter, Bewerbungen und – die Einladung zu einem Gespräch mit dem Vorstehenden des „Betrieb des Jahres"-Ausschusses.

Die Tage der ersten Januarwoche vergehen in geschäftiger, bienensummender Betriebsamkeit. Hie und da werde ich am Abend von Luzia zu einem Bier eingeladen. Hie und da schreibt sie mir süße SMS, die ich alle brav beantworte. Hie und da nehme ich sie mit nach Hause und entweihe unser Bett. Hie und da verspreche ich ihr das Blaue vom Himmel herunter, und dann drückt sie mich liebevoll an sich.

Frisch gezapfte Liebe. Tag für Tag. Ich schlucke brav und bin dankbar für die stillen Nächte, in denen Luzia mich in ihren Armen hält und fremde Lieder in meine vielen Herzen summt. Ich bin ihr dankbar, dass sie mich ein bisschen vergessen macht.

Dankbar für ihre grenzenlosen, nahtlos aneinandergereihten Aufmerksamkeiten: Blumen ins Büro geschickt, Einladungen in Restaurants, die ich nicht kenne, Ausflüge in fremde Städte, für mich komponierte Lieder. „Weißt du, die kommen alle auf die neue CD."

Luzia ist in ihrer Verliebtheit wie ein Kind, das sich fiebrig und aufgeregt in eine Paradieswelt fabuliert und fantasiert. Sie ist wunderschön, charmant, gescheit und liebevoll. Ihre großzügige Liebe beschämt mich. Sie hebt mich mit ihren kräftigen Armen tagein, tagaus auf ein hohes Ross, das mit mir über grüne Wiesen galoppiert. Sie erträgt meine nichtsnutzigen Ausreden, wenn ich sie manchmal nicht sehen und stattdessen lieber im Bett weinend an dich denken will. Sie erträgt meine Zurückweisungen und nimmt dankbar jeden meiner Küsse und alle meine Zärtlichkeiten in sich auf, die ich manchmal gedankenlos verschenke.

Bleibt tapfer neben, vor oder hinter mir stehen. Immer gerade so, wie ich es brauche.

In den Nächten hält sie mich, wie mich noch nie ein Mensch gehalten hat. Vergießt manchmal Tränen, die salzig und schwer auf mich herabtropfen, wenn sie sich verzweifelt und ungestüm auf mich legt.

„Warum kannst du sie nicht vergessen?", fragt sie manchmal zwischen Tür und Angel, wenn ich in meiner Geschäftigkeit und in meinem absurden Erledigungsmarathon innehalte, zum Beispiel dann, wenn ich in der Tasche wühlend die Schlüssel der Haustür suche und sie atemlos und mit ein bisschen Zornesfunkeln in den grünen Augen, beladen mit den Einkäufen für das Wochenende, hinter mir steht.

„Ich vergesse sie ja", sagt dann mein Mund, und die Augen, die in Lügenwasser schwimmen, senken sich schnell und beschämt, während meine Hände wie flatternde Vögel in der Tasche weiter nach dem Schlüssel suchen.

Kristin redet mit mir. Das ginge so nicht.

„Hör auf, Luzias Zeit zu verschwenden."

Jetzt, sofort, sagt sie auch noch.

„Du bist wie eine außer Kontrolle geratene Maschine, die das Leben anderer mutwillig durcheinanderbringt."

Ich schweige grimmig in den Bildschirm hinein.

„Dir ist nicht zu helfen", seufzt Kristin, steht auf und verlässt mit einem Achselzucken mein Büro. Ich hacke geschäftig meine Mails runter und presse die Lippen zusammen.

## 8. Treffen

Hinter mir liegen Tage, leicht und luftig und uninteressant. Luzia hat sich daran gewöhnt, dass ich sie nicht so liebe wie sie mich. Unser Verhältnis ist ein entspanntes, ruhiges, stressloses Nebeneinander mit kleinen Freundschaftsbekundungen meinerseits und sporadisch aufblitzenden Liebesbeteuerungen ihrerseits. Wenn ich mit ihr schlafe, tue ich das gedankenlos und mechanisch und versuche diese Aktivität als sportlichen Kalorienverbrennungsakt zu sehen. Manchmal vergesse ich, wer sie ist, wer ich bin und was wir zusammen sind, und dann schenke ich ihr alles, was ich in solchen Momenten sein kann.

Ach, und es wird langsam Frühling.

Ihre neue Solo-CD hat sie mir gewidmet. Glücklicherweise bleibt durch ein Pseudonym meine Identität verborgen. Luzia eröffnet das Konzert und nimmt das Publikum auf eine stimmgewaltige Reise mit.

Ihren Erfolg feiert Luzia souverän, ohne abgehoben zu wirken. Sie gibt sich charmant und witzig. Und als sie später im Foyer

CDs signiert, lächle ich ihr aus sicherer Distanz zu. Ich stehe mit Jana, Kristin und Elsa an der Bar und trinke ein Bier, als mir ein vertrauter Duft in die Nase steigt.

Ich schließe die Augen und höre die Stimme deiner Liebhaberin, die dir unaufhörlich ins Ohr schwatzt. Dummes Liebesgeflüster, das meine Ohren ungewollt belauschen, bohrt sich durch meinen Rücken geradewegs in meine Eingeweide.

Was für ein tolles Konzert das sei. Dass sie gerne die CD kaufen möchte. Jetzt sofort. Dass das ein wunderschöner Abend sei. So mit dir zusammen. Und ob du denn überhaupt wüsstest, dass Luzia mit deiner Ex zusammen sei?

Das scheint dir neu zu sein, denn deinem Mund entfährt ein grobes Lachen: „So? Dann ist mir ja gehörig viel entgangen."

Ich drehe mich um und schaue dich an. Du hast dich verändert. Deine Haut ist spröde geworden, deine Haare sind kurz geschnitten und deine engen Hosen stecken in hohen Stiefeln.

„Ja, da scheint dir wohl einiges entgangen zu sein", richte ich mein Wort an dich. „Entschuldigt, ich habe euer Gespräch ungewollt mitgekriegt."

Deine Augen weiten sich kurz und dann zeigst du dein schiefes Lächeln.

„Macht doch nichts. Ihr seid also zusammen? Gratuliere! Ich freue mich sehr für dich. Für Luzia."

Ich schweige dich einfach weiter an. Was sollte ich auch sagen? Wie kannst du mir zu dieser bedeutungslosen, in meinem Herzen winzig verschwindenden Liebe gratulieren?

Unser letztes Treffen liegt einige Monate hinter uns. Die Brandzeichen unserer Begegnung röten sich, als ich dich jetzt vor mir stehen sehe, und ich merke, wie dir mein Schweigen unangenehm ist.

„Also dann ..."

Genau. „Also dann". Ein Wortduo, das mehr Leid auf dieser Welt verursacht als: „Ich kann nicht mehr", „Ich verlasse dich".

„Also dann" schafft augenblicklich Distanz und schließt ein Gespräch.

Dein „Also dann" trifft hier inmitten dieses Konzerthaus-Foyers unverhofft auf das alte Versprechen unserer ewigen Liebe. Du erinnerst dich nicht daran.

Ich verabschiede mich mit einem „Tschüss und noch viel Spass" von dir.

Und du rufst hinterher: „Ruf mich morgen mal an."

Wie in Trance gehe ich zu Luzia und drücke ihr ein Bier in die Hand. Sie signiert immer noch CDs und schenkt jedem Käufer, jeder Käuferin eine wertschätzende Aufmerksamkeit.

Ich löse mich aus der Fangemeinde und gehe zurück in den leeren Konzertsaal. Zwischen den Sitzreihen sammelt sich die Dunkelheit und steigt empor zu den Rängen. Der geschlossene Theatervorhang macht aus dem vormals belebten Raum ein einsames Universum. Mir ist, als würden sich die Falten noch bewegen.

Ein Vorhang, der mich vom Allerheiligsten trennt. Ich bin auf der einen Seite und wäre so gerne auf der anderen. Dort, wo Wunder passieren. Wie gerne wäre ich dort. Oder wenigsten versteckt in den Falten dieses schweren, roten Samtvorhangs. Versteckt und vergessen.

In der Nacht legt sich Luzia ganz nah zu mir und flüstert: „Lass mich deine Hände halten. Lass mich dich küssen."

Ich schweige in die Dunkelheit und küsse leidenschaftslos zurück.

„Ach du, ach du. Du bist ja voller Angst. Immer noch. Warum denn nur?", fragt Luzia und drückt sich noch stärker an mich: „Du Angsthase. Du großer Angsthase. Aber das passt ja zu Ostern." Luzia lacht.

„Karfreitag. Morgen ist Karfreitag. Lass uns verreisen. Gleich morgen. Ich weiß, dass du das gerne tun würdest", versucht sie die Distanz zu überbrücken. Und dann küsst sie mich mit verzweifelter und hastig verschluckter Trauer.

Am Morgen verlasse ich Luzia.

Heute wirst du mich anrufen. Und ich werde dich fragen, ob du mit mir verreisen willst. Unter irgendeinem Himmel, an irgendeinem Meer. Es ist nicht wichtig. Die ganze Welt ist ein grenzenloses Land. Vor einiger Zeit hast du gesagt, dass du gerne noch einmal mit mir verreisen möchtest. Herausfinden, was zwischen uns denn ist. So hast du das gesagt.

Als würde dich Detektivarbeit aus dieser Landschaft führen, in der wir seit Jahren umherirren. Ein Experiment wagen. Das hast du auch gesagt. Als wären unsere Gefühle ein Chemiekasten mit Lernspielzeug, in dem du Streifzüge durch die Welt deiner Gefühle unternehmen kannst.

Ein Experiment. Und ich als Experiment-Expertin würde jeden Tag neue Aggregatzustände in dein Herz zaubern und versuchen, dich zu begeistern. Ich würde auch um den Fungus-Rock bei Gozo schwimmen, damit du siehst, wie mutig ich bin. Und in der Nacht würde ich auf dem Azur Window tanzen. Das „Blaue Fenster“, das durch Erosion in der Felsbrücke an der Küste Gozos bei Dwerja Bay entstanden ist. Die hundert Meter hohe Felsbrücke, auf der wir uns vor vielen Jahren verlobt haben, wird zunehmend dünner. Bald schon wird sie es nicht mehr geben. Ob du das weißt?

Ich würde auch in diesen altersschwachen russischen Hubschrauber klettern, der uns von Malta nach Gozo bringt, und meine Flugangst verdrängen. Du aber würdest mir an jedem unserer Ferientage weißmachen wollen, wie sehr wir zwei nicht mehr zusammenpassen. Und dann würdest du mit mir schlafen, um herausfinden zu wollen, welche Samen deiner Liebe, zusammen gekehrt in einer Ecke deiner Herzkammern, neue Keime treiben.

Du würdest dich in der Nacht an meinen schlafenden Rücken schmiegen, deine Hände auf meinen Bauch legen und im Schlaf alle Schreckensgespenster vergessen.

Gleich morgen werde ich dich anrufen. Wie versprochen. Dich fragen, ob du es machen willst. Verreisen mit mir. Weil ich dich liebe, weil du mich liebst. Und weil es nicht sein kann, dass wir nicht zusammen sind.

Das Telefon klingelt. Ich sehe deine Nummer und halte mit schwitzigen Händen deine Stimme fest.

„Ich bin verwirrt seit gestern Abend, als ich dich im Konzert gesehen habe", eröffnest du ohne Umschweife das Gespräch.

Ich schweige in den Hörer, unfähig, ein klares Wort zu sagen, und so bitte ich dich in meiner Not, die Kommunikation per Mail weiterzuführen.

„Ich muss zu einer Sitzung. Aber ich schreibe dir in der Mittagspause dann. Okay?"

„Gut", sagst du und „alles klar" und „bis dann also."

Und so sammle ich allen Mut und schreibe, während der Löffel im Mittags-Früchtejoghurt stecken bleibt, mit fahrigen Fingern eine Mail für dich. Ich schreibe davon, dass du nicht in deine Seele schauen lassen willst. Dass du da niemandem Einlass gewährst. Mir auch nicht. Dass ich mich nach dir verzehrt habe. Dass es da nichts gäbe, was ich nicht für dich tun würde. Immer noch. Dass ich so grenzenlos dumm verliebt wäre. In dich. Dass ich gerne das Rad der Zeit zurückdrehen möchte. Dass ich mich diesmal für dich entscheiden würde. Für dich und immer wieder für dich. So wie ich es jetzt auch gerne tun würde. Und in tausend Jahren. Und dass ich weiß, dass du so was nicht glauben magst. Und dass ich verstünde, warum du nicht glauben kannst. Wie könntest du auch? Und ob du dich erinnern würdest an unsere ersten Weihnachten? Wie ein frisch vermähltes Liebespaar haben wir in unserer ersten, karg möblierten und schlecht geheizten Wohnung versucht, unter einem wackeligen, armseligen Weihnachtsbaum so was wie Heiligabend zu feiern. Das Unglück versteckt in einer Falte eines zweiten, unsichtbaren Universums.

Und dann liefern wir uns ein rasantes Pingpong-Stelldichein, das mit großer Geschwindigkeit in schweren Kilobytes durch die Standleitung in der jeweiligen Mailbox der anderen landet.

Und irgendwann, Stunden später, schreibst du in erschöpften Buchstaben zurück, dass du mich auch liebst und mich jetzt gerne in die Arme schließen möchtest.

Ich springe auf und kann es nicht fassen.

Ich bestelle Pizza und Bier für die ganze Crew, und zusammen essen wir das Abendessen. Am Abend erreicht mich eine SMS von dir: „Gute Nacht, du mein Herz. Ich wäre jetzt so gerne bei dir."

Ich rufe sofort an, doch du lässt mich ins Leere klingeln. Ich rede mir diese unfassbare Dreistigkeit aus dem Kopf und wache mit offenen Augen, auf dem Bett liegend, über unsere Erinnerungen.

Bitte, lieber Gott, mach, dass sie nicht lügt. Beten. Nach so langer Zeit lege ich mein aufgeriebenes Herz dem lieben Gott vor die Füße und bitte ihn darum, mich doch zu heilen. Mir mein selbstbestimmendes Leben zurückzugeben.

Wenn diese letzte Nachricht aus deiner Welt ein unbedachtes Almosen war, dann möchte ich dich augenblicklich auf jedem einzelnen Kontinent dieser Erde und in allen noch so fernen Sternenhaufen begraben.

In der Küche ist noch eine viertel Flasche Cabernet Sauvignon, die ich an der Spüle stehend austrinke, so dass meine Gedanken wieder weich und zart werden. Ich will unbeschwert an uns denken.

Weißt du noch, als wir bei diesem Stadtfest vor langer Zeit zu afrikanischer Straßenmusik getanzt haben? Es war unser erster Tanz. Die Erde unter unseren Füßen wurde zu klein; der Himmel war zu eng. Ich sehne mich nach diesen unbeschwerten Momenten. Nach unserem Lachen.

Komm her zu mir. So komm doch. Lege deinen Mund fest auf den meinen und halte still dann. Entfalte meine Herzkammern und baue ein schönes Haus daraus. Leg dich ganz auf mich, so dass nichts nach außen dringt, so dass nichts verloren geht. So dass alles dir gehört, was ich werde, wenn du mich liebst.

Aber weder der liebe Gott noch die vielen anderen Heiligen, die ich in den vergangenen nächtlichen Stunden angefleht habe, erhören meine stillen Gebete.

Die Stunden vergehen. Von dir kein Zeichen. Ich warte und lasse mich zuschneien. Das Gerüst meiner Innenwelt, das ich seit gestern mit vielen helfenden Händen aus der Vergangenheit eifrig aufgebaut und bereits mit einem stolzen, rot geschmückten Aufricht-Bäumchen verziert habe, stürzt nach und nach in sich zusammen.

Jetzt kommt die Zeit, in der selbst die Erinnerungen weniger werden. Sie treiben, im Bauch eines toten Fisches, ziellos im Wasser umher.

## 9. Treffen

„Wir nehmen den Zug ins Tessin. Jetzt gleich“, sagst du aufgeregt. „Ich will ein paar Tage mit dir zusammensein. Ich kann nicht mehr arbeiten. Ich bin so unkonzentriert und werde launisch.“

„So? Und was sagt deine Freundin dazu? Das war doch deine Freundin, oder?“

Du sagst nichts darauf, und ich hüte mich, weiterzufragen, wiege mich in der fünfzigprozentiger Sicherheit, dass du dich von ihr getrennt hast. Die Chancen stehen also gut. Warum solltest du denn mit mir sonst verreisen wollen?

„Gut. Dann lass uns heute Abend den Zug nehmen. Ich checke mal die Zugverbindungen.“

Mit einem singenden „Bis heute Abend! Ich freu mich“ rauschst du aus meinem Büro.

Wie mich deine Besuche erschöpfen.

„Findest du das gut?“ Katrin, die Sekretärin, steht im Türrahmen und schaut mich prüfend an.

„Was soll ich gut finden?“, antworte ich.

„Dass du jetzt gehst. Morgen kommt Herr Wirz.“

„Herr Wirz?“, frage ich und versuche mich zu erinnern, welches Gesicht zu diesem Namen passt, ordne geschäftig meine zwanzig Stapel auf dem Bürotisch zu zwei Haufen und bin in Gedanken schon auf dem Weg nach Hause, vorbei am Delikatessen-Laden, am Bahnschalter ...

„Wirz ist unser Buchhalter. Und nächste Woche kommen die AHV-Prüfer. Du wolltest mit Oliver die Bücher noch mal prüfen.“

Ich schaue zu Oliver, der in seinem Glaskasten sitzt und laut ins Telefon spricht.

„Ach, Katrin, ich hab's doch im Griff.“, sage ich. „Das Geschäft läuft formidabel.“

„Wie du meinst. Aber pass auf dich auf. Du hast so abgenommen“, sagt sie besorgt und schließt leise die Tür.

Ich schaue ihr erstaunt nach und bin gerührt von ihrer sorgenvollen Anteilnahme. Ich stemme mich hoch und gehe zu Oliver – zu diesem emsigen Erfolgsmenschen, den ich damals nach vier Bieren überreden konnte, bei dieser Geschäftsidee mitzumachen, sie mitzufinanzieren und seinen Job als Marketingverantwortlicher einer kleinen, alternativen und qualitativ hoch stehenden Kosmetiklinie an den Nagel zu hängen.

„Oliver, ich weiß, wir sollten übers Wochenende noch mal die Bücher prüfen. Aber ...“

„Ich finde, deine Arbeitsmotivation ist momentan bedenklich“, fällt er mir ins Wort und legt seine schicken baumwollgewandeten, schlanken Beine auf den Tisch. „Hast du überhaupt noch Lust, diesen Laden mit mir zu schmeißen?“

„Aber natürlich. Natürlich. Wie kommst du auf so was? Ich muss nur mein Privatleben in Ordnung bringen. Das dauert genau ein Wochenende. Dann bin ich wieder hundertprozentig fit. Ehrlich. Versprochen.“

Oliver seufzt und sagt: „Ich wünsche dir viel Glück dabei. Aber bitte überleg dir doch, wie das weitergehen soll. Ich brauche dich hier.“

„Ich werde am Montagmorgen wieder auf der Matte stehen und mich in die Arbeit stürzen. Bis dahin bitte ich um dein Nachsehen. Ich geh jetzt. Ciao, mein Lieber. Wenn was unklar ist, ruf mich an."

Ich bleibe im Türrahmen stehen und warte, bis er sein „Ciao" gegrummelt hat, gehe zurück in mein Büro, packe die Bürosachen zusammen und marschiere nach Hause.

Wie ich das liebe. Auf dem Bahnhof zu stehen und auf dich zu warten. Adrenalinfische jagen durch meinen Körper. So oft habe ich aufgelöst und in freudiger Erregung an irgendeinem Bahnhof gestanden und auf dich gewartet. Mit den Augen das ganze Blickfeld durchkämmend, ob du womöglich auf dem falschen Bahnsteig stehst. Meistens bist du dann in allerletzter Minute auf den Zug gesprungen und hast dich ohne Erklärung über mein Zugpicknick hergemacht, hast zufrieden die selbstgemachten Sandwichs verschlungen und dich anschließend satt und zufrieden an mich gekuschelt.

Die Mutter im Abteil gegenüber erklärte ihrem Sohn, der ganz aufgeregt auf uns deutete, dass sich zwei Frauen genauso küssen können wie Mann und Frau. Es gab aber auch die ältere Frau, die sich ärgern musste über deine kleinen Küsse, die du mir auf die Wangen gehaucht hast, und die uns in ein Gespräch über Gott und Moral verwickeln wollte. Oder die junge, hübsche Frau, die ihre Augen nicht von uns lassen konnte und zwei Stationen später mit frischem Mut nach Hause lief, um ihrer besten Freundin endlich ihre Liebe zu gestehen. Vielleicht.

Ich habe eingekauft für die Reise. Sekt, Lachsbrötchen, Speck-Pflaumen, süß-sauer eingelegte Zucchini und Sour Cream and Onion Chips, die du so gerne magst.

Und dann erscheinst du oben auf der Rolltreppe.

Das gedämpfte Licht in unserem Abteil lässt uns – nachdem wir den Sekt leergetrunken und Häppchen aufgegessen haben – in einen angenehmen Dämmerzustand versinken. Ich schlafe ein und träume von einem großen Delfinarium, das sich in unserer Stadt befindet – eine Touristenattraktion. Wir kommen gerade rechtzeitig zu einer Vorführung. In dicken Wintermänteln stehen wir am Beckenrand.

Sechs Delfinmenschen schwimmen im Becken.

„Eine interessante Mutation der Natur", erklärst du mir.

Gebannt schauen wir ins Wasser. Die Delfinmenschwesen schwimmen elegant durch das Nass, springen hoch, bleiben minutenlang still unter der Wasseroberfläche liegen, schwimmen dann pfeilschnell an den Beckenrand, um sogleich wieder hinab in den unergründlichen Tiefen des großen Beckens zu verschwinden.

Sie ähneln richtigen Delfinen, haben eine glänzende, graue Haut, aber zwei Beine und ein Menschengesicht mit blau-grünen Augen. Weder Körper- noch Kopfbehaarung, der Mund zu einem kleinen Lächeln verzogen. Neue Kreaturen, die die menschlichen Wesen ersetzen werden. Vielleicht. Denke ich. Still, achtsam, friedfertig und liebevoll. Als wäre ihre Seele in Reinheit getaucht worden. Wenn sie so im dämmrigen Blau durch das Wasser schießen, könnte man versucht sein zu glauben, sie wären glücklich, froh und übermütig.

Sie erinnern mich an meinen dringlichsten Kinderwunsch, im weißen Jungfrauengewand gekleidet und mit heller Glockenstimme gottesfürchtige Lieder singend, in der Hand ein Weihrauchgefäß schwenkend, dem lieben Gott, seinem Sohn, allen Heiligen, Mutter Gottes Maria und vor allem der Nonnenschwester, die jeder Messe beiwohnte, Eindruck zu machen. Ich fühlte mich auserkoren, als seelenreines Wesen durch das Leben zu gehen. Nach wochenlangem Quengeln wurde ich endlich, als einziges Mädchen, zum Ministrantendienst zugelassen.

Meine inbrünstig und bis zur Erschöpfung gelebte Spiritualität beobachteten meine Eltern mit wachsender Besorgnis. Immer wieder versuchten sie mich mit Tricks für andere Hobbys wie Reiten, Klavierspielen, Sport oder Pfadfinderinnenglück zu begeistern.

Irgendwann wurde ich zu alt für den Ministrantendienst. Über diesen Umstand war ich sehr erleichtert, da ich zur gleichen Zeit die Entdeckung machte, mich mit der elektrischen Zahnbürste meiner Mutter zu vergnügen. Das war nicht mehr mit dem Keuschheitsgebot zu vereinen. Meine große Sehnsucht nach Seelenreinheit verflog, und ich machte mich daran, in der Schulbibliothek nach der Ursache dieses Zahnbürstenglücks zu fahnden, wurde aber nicht fündig.

Mir wird plötzlich bewusst, dass ich mich an meine Kindheit erinnere, während ich träume, und dann schaue ich wieder in das Becken. Einer der Delfinmenschen springt heraus, spuckt unmittelbar vor meinen Füßen Wasser auf den Boden und zieht sich die Fischhaut vom Gesicht.

„Du bist ein Mensch?", frage ich erstaunt.

„Erst, wenn ich auftauche, bin ich wieder ein Mensch."

„Was heißt das?", frage ich.

„Wenn ich tauche, bin ich kein Mensch mehr, weil ich dann nicht mehr atme. Ich bin dann unverwundbar. In diesem Zeitraum zwischen dem Einatmen und dem Ausatmen ist es ruhig in mir. Am liebsten würde ich da unten bleiben, in der tiefen Unendlichkeit. In der großen Stille, die sich langsam dunkelblau färbt. Hier im Becken", er zeigt auf das grünliche Wasser, „ist es nicht aufregend. Erst wenn Gewichtsschlitten mich hinab in die Tiefen ziehen, vergesse ich alles. Dann bin ich eins mit dem Wasser und schwebe im Ozean."

Verwirrt wache ich auf.

Der Zug fährt ein in unseren Glücksbahnhof, der Locarno heißt. Wir steigen aus der Wärme des Zuginneren und springen hinaus in die kühle Nacht.

„Wie kommen wir jetzt zu unserem Hotel?"

„Mit dem Taxi", antwortest du. „Ich habe alles organisiert."

Wir fahren dreißig Minuten durch die Nacht – begleitet vom leisen Wellenschlag des dunklen Seewassers und vom Rauschen des Waldes.

Das kleine Hotel, das du ausgesucht hast, ist ein ehemaliges Winter-Kurhaus und liegt etwas oberhalb des Seebeckens, inmitten eines prächtigen Gartens. Wir gehen leise durch den Flur zu unserem Zimmer im zweiten Stock, vorbei an geschlossenen Türen, hinter denen alles tief und fest zu schlafen scheint.

Wann habe ich das letzte Mal eine solche Dunkelheit gesehen? Die Milliarden Sterne der Milchstraße, dein und mein Sternzeichen, rein, klar und weiß leuchtend hoch über unseren Köpfen.

Ich habe vergessen, wie ein solcher Nachthimmel aussieht, und lege meinen Kopf in den Nacken, starre in die Unendlichkeit und halte mich am Balkongeländer fest. Du bist wie ein Sternenleuchten im dunklen Firmament, hast du mir vor Jahren gesagt. Jetzt stehst du hinter mir, hältst mich zärtlich fest und sagst Dinge wie: „O Gott, bin ich müde. Lass uns schlafen gehen. Komm, wärm mich, mir ist kalt. Gefällt dir das Hotel?“

Wir legen uns ins Bett. Du schläfst augenblicklich ein. Deine Hand wird warm, dein Atem ruhig. Mein bleiernes, müdes Herz hält mich davon ab, unsere Vergangenheit wachzuküssen und dem vertrauten Flatterangstvogel Aufwind zu geben.

Der nächste Morgen. Ich küsse dein Gesicht und lasse dich weiterschlafen. Stehe auf, gehe duschen und schnappe mir eines der im Regal liegenden Bücher, bevor ich hinunter in den Frühstücksraum gehe.

„Signora, Kaffee gibt es leider erst in einer halben Stunde“, meint die Frau, die die Tische deckt, und lächelt mich entschuldigend an.

„Danke. Dann bis später“, gebe ich fröhlich zur Antwort und gehe durch die Eingangstür hinaus in den Garten.

Weiße Wolken haben über Nacht den Himmel zerrissen und das blaue Band zerschnitten. Der Lago Maggiore liegt in seinem bergigen Becken, in den ersten Frühlingswehen.

Am Himmel sammelt sich ein stürmischer Wind. Vereinzelt fallen wärmende Sonnenstrahlen auf die Erde. Ich setze mich auf eine steinerne Gartenbank, schlage wahllos das Buch auf und spreche die Sätze leise mit, so als würdest du neben mir sitzen.

Ich verliere mich in einer Geschichte eines jungen Druckerlehrlings, der um die Welt zieht. Mir ist, als würde er zwischen den Zeilen ein anderes Leben erzählen. Die Geschichte endet genauso unglückselig, wie sie begonnen hat, was ich – nach hastigem Querlesen der letzten zwanzig Seiten – feststelle.

Ich habe Parallelen in meinem Leben entdeckt, was immer so ist, wenn man sich in einem solchen Zustand in ein Buch stürzt. Man glaubt sich im Protagonisten, der am Schluss die Einsamkeit wählt, wiederzuerkennen und hat sogar den absurden Gedanken, dass die Person, die dieses Buch im Bücherregal des Hotels hat liegen lassen, mit einem verbunden ist, um das Herzleiden weiß und vielleicht sogar den Ausweg aus dieser Malaise kennt.

Ich klappe das Buch zu und lege es auf dem Weg zurück zum Frühstücksraum im Entree in eine Fensternische.

Ich warte. Schon wieder und wie so oft, wenn wir zusammen verreisen. Diesmal im Frühstücksraum. Rührei mit Speck, Müesli und Früchte, heißer Kaffee und frischer Orangensaft. Ich esse alles brav und mustere dabei die Gäste, die paarweise in den Saal tröpfeln, sich umständlich nach dem besten Platz umsehen, den ich schon lange belegt habe, etwas verärgert über meine Dreistigkeit, mich alleine an einen Vierertisch zu setzen, an meinem Sonnenplatz vorbeirauschen, um dann hinter, vor oder links von mir Platz zu nehmen.

Die lärmende Kaffeemaschine auf dem Frühstücksbuffet will nicht so recht zu den weiß gestärkten Tischdecken und dem Silberbesteck passen. Dann kommst du. Endlich. Wie eine frisch gepflückte Frühlingsblume mit glänzend-schimmernden Blättern siehst du aus. Ein zärtlicher noch schlafwarmer Kuss landet auf meinem Gesicht.

„So, was essen wir denn?", fragst du gut gelaunt und fischst die letzten Krümel meines Rühreis vom Teller.

Dann machen wir das, was man tut, wenn man im Frühling im Tessin ein verlängertes Wochenende verbringt: Wir steigen auf ein weißes Schiff und fahren gegen Italien.

Wir stehen zusammen an der Reling und schauen auf das Wasser, den Wind in den Haaren. Du drückst dich an mich, und ich verharre in dieser Stellung, tue gar nichts, was dich dazu veranlassen könnte, wegzugehen oder näher zu kommen.

Der Markt in Luino ist so, wie er damals war, als wir eine unserer vielen Flitterwochen im Tessin und in Italien verbracht hatten. Wir schlendern zwischen den Marktständen umher, und du kaufst Erinnerungen. Ein bunter Schal, Socken, ein italienischer Reiseführer über Oberitalien und schließlich einen kleinen Lapislazuli, den du mir in die Hand drückst: „Hier. Für dich. Von mir. Für uns. Pass gut auf ihn auf."

Wir spazieren unaufgeregt nebeneinander her. Manchmal Hand in Hand. Und dann lassen wir uns wieder los, um irgendwelche anderen Dinge in die Hand zu nehmen und zu betrachten. Wir gehen essen, trinken Kaffee, spazieren weiter und fahren mit dem Schiff zurück, in den Abend hinein. Beschließen, diesen ersten Tag mit einem Spaziergang hoch zu Madonna del Sasso – einem Wallfahrtsort auf einer Anhöhe oberhalb von Locarno und in unmittelbarer Nähe unseres Hotels – zu beenden. Wir folgen den Pilgerspuren auf dem alten Kreuzweg und landen schließlich bei der ockerfarbenen Wallfahrtskirche.

Bruder Bartolomeo d'Ivrea, ein Franziskaner im Kloster von Locarno, hat nach einer Erscheinung im Jahre 1480 hier zwei kleine Kapellen bauen lassen. So wird erzählt. Später kam ein

Kloster hinzu. Ich möchte dir unbedingt das Altarbild von Bramantino „Flucht aus Ägypten“ zeigen. Doch wir finden uns vor verschlossenen Türen.

„Macht nichts. Lass uns noch etwas essen gehen und dann zurück ins Hotelzimmer“, sagst du gut gelaunt und nimmst meine Hand.

Nach einer langen, heißen Dusche lege ich mich ins Bett und versuche den Anschein zu erwecken, dass ich schlafe. Ich höre dich aus dem Badezimmer kommen und unter die Decke kriechen. Ruhig atmend und ordentlich zugebettet liegst du da.

„Das war ein schöner Tag. Gute Nacht, schlaf gut“, flüsterst du leise und legst dich ganz nah zu mir.

Du hast einfach das Licht gelöscht und bist eingeschlafen. Ungläubig starre ich in die Finsternis hinein. Die kühle Dunkelheit im Zimmer beruhigt meinen Feuerkopf. Ich sollte einfach warten. Du brauchst Zeit.

Früher, da habe ich Ketten um unsere Liebe geschmiedet, weil ich dachte, so kann nichts passieren. Uns. Ich war eifersüchtig und habe misstrauisch jeden Mann und jede Frau in deiner Nähe sorgfältig unter die Lupe genommen und ihre eigennützigen Motive, in deiner Nähe sein zu wollen, schlagartig erkannt. Es wollten viele in deiner Nähe sein. So kam es mir vor. Jedes Lächeln, jeder Blick war ein Anlass, deine Liebe in Frage zu stellen. Oft hast du mich ausgelacht, um am Tag danach aufs Neue deine Liebenswürdigkeiten an andere zu verschenken. Wenn du einen Raum betreten hast, meistens schnell und ungestüm, und mit einem Lachen wieder gegangen bist, blieb ein Flirren zurück – glitzernde Atome von dir. So hast du viele zurückgelassen. Bei Partys, Essen, Einladungen. Mit einer unerklärlichen Sehnsucht.

Ich konnte es immer riechen, wenn jemand deine Großzügigkeit ausnutzen wollte. Du aber hast meine Befürchtungen immer nur belächelt, die Angst in mir mit kleinen Küssen vertrieben. Jahrelang.

Deine naive Unaufmerksamkeit verführte auch einen deiner Arbeitskollegen, der neu in der Stadt war. Nach einer langen Nacht, in der du ihm sämtliche Bars dieser Stadt gezeigt hast, hat er dich nach Hause begeleitet.

Ich schlief, als sich dein leises Lachen in meinen Traum webte und mich schließlich aufweckte. Warum lachst du da draußen im Garten mitten in der Nacht? So leise? Als wäre das Lachen hinter deiner Hand oder an einem anderen Mund.

Unser Häuschen lag in einem ruhigen, grünen Innenhof. Von der Straße gelangte man durch den Hausdurchgang der vorderen Häuserreihe zu uns.

Ich stand lange am offenen Fenster unseres Schlafzimmers und spähte hinaus. Doch die Dunkelheit und der große Baum, hinter dem ich deine und seine Stimme zu hören glaubte, ließen nichts erkennen. Ich hörte das Klicken eines Feuerzeugs und dann drang Rauchgeruch durch das Fenster.

„Aber nein“, hörte ich deine Stimme: „Komm schon. Es wird alles gut. Beruhige dich doch.“ Ich vernahm ein fremdes Lachen, stand am Fenster und versuchte meinen Gehörsinn zu schärfen. In der Dunkelheit verwandelte sich der kleine Garten in eine große Halle, deren Dach sich über unsere Köpfe spannte. Der gewaltige, dunkle Raum machte uns drei ganz klein und jedes Geräusch gebar neue Bilder, die sich in flackernden Farben über meine Augen legten.

Es gab ein Rascheln von Stoff und dann fiel eine schwere Jacke zu Boden. Ich spürte, wie sich kalter Schweiß auf meinem ganzen Körper bildete. Sein Atmen drang in dich und der schwere Körper drückte den deinen an den Baum. Suchende Lippen bahnten sich den Weg zu deinem Mund und hinterließen nasse Spuren auf deinem Hals.

Plötzlich fiel ein Lichtkegel in den Hof. Die diagonale Grenze aus Licht teilte den Garten in zwei Schattenreiche und berührte den Baumstamm knapp. Dann rannte ein kläffender Hund in den Hof und blieb verwirrt mitten im hellen Schein stehen. Ein Fluch und eilige Schritte, die über den Kies flohen, waren das Letzte, was ich zu hören glaubte. Ich schloss das Fenster und legte mich ins Bett.

Die Sonne stand hoch am Himmel, als wir am Morgen danach auf der Terrasse Kaffee tranken. Die kleinen Blumen hinter dem Baum waren zertreten. Später spazierten wir am Fluss entlang, mit Badesack und Flipflops, und ich entfernte mich mit jedem Schritt ein wenig mehr von dir. Du hast meine Hand gehalten und versucht, mich zum Lachen zu bringen. Manchmal habe ich mitgelacht, damit du nicht bemerkt hast, dass ich nicht mehr da war. Wir haben uns schweigend flussabwärts treiben lassen.

Was für ein Sonntag.

Wochen später saßen wir mit Jana und Kristin in einem Restaurant außerhalb der Stadt. Der Sommer war immer noch da. Und auch unser Schweigen. Ich glaube, es war das Klicken des Feuerzeugs, das mich so erschreckte. Nicht die Hand, die sich plötzlich auf deine Schulter legte und dir eine Zigarette anbot.

Wie laut du aufgelacht hast.

„Darf ich vorstellen. Das ist Stéphane. Er arbeitet mit mir."

Stéphane sagte hallo und grinste und sah nett und sympathisch aus. Er setzte sich mitten in die Frauenrunde und ließ dich nicht mehr aus den Augen.

„Meine liebsten und besten Freundinnen", hast du Jana, Kristin und mich vorgestellt.

„Er ist verknallt in mich", hast du dich entschuldigt. „Ich wollte nicht, dass er noch mehr leidet. Ich ... finde ihn total nett und möchte ihm schonend beibringen, dass mein Herz bereits vergeben ist."

Kristin sagte: „Prima Strategie." Und Jana hielt tröstend meine Hand. Ich konnte nicht so richtig sprechen, da mein Kehlkopf so schmerzte. Zwei Wochen später habe ich dich verlassen.

Wenn man in der Nacht aufwacht und einem das Herz bis zum Hals klopft, weil man glaubt, etwas gehört zu haben, dreht man das Licht an, steht auf und stellt sich dieser Ungewissheit. Aber da ist nichts. Nur mein wildes Herztrommeln in einem fremden Zimmer. Ich lege mich wieder ins Bett, rieche an deinem Haar und streichle dein Gesicht, bis du aufwachst.

„Ich küsste dich vor so langer Zeit und war verloren", sage ich leise und wickle langsam deine Locken um meine Finger. „Wir haben uns geliebt. Und tun es doch immer noch, oder?"

Du sagst nichts.

Monatelang habe ich meine Liebe zu dir nach der übereilten Trennung, die ich kurz darauf so bitter bereut habe, vor allen versteckt. Denn dein Herz war doppelt und dreifach im Einsatz. Wir umarmten uns freundschaftlich, wenn wir uns in Gesellschaft trafen. Wir umarmten uns leidenschaftlich, wenn niemand da war. Nach solchen, aus dem Tag gestohlenen Momenten hast du meine Hände in die deinen genommen und gesagt: „Sei vernünftig. Ich muss jetzt gehen."

Stundenlang bin ich dann auf dem Sofa sitzen geblieben, unfähig, aufzustehen. Ich konnte keine Absichten mehr äußern und keine mehr umsetzen. Keine Entscheidungen fällen. Ich hatte keinerlei Wünsche mehr, saß auf dem Sofa und suchte meinen Verstand und meinen freien Willen.

Irgendwann raffte ich mich auf und verfluchte den Tag, an dem ich dir begegnet bin. Ich fluchte so lange, bis du wieder vor mir gestanden hast. Mit Blumen, frisch gemahlenem Kaffee, dunkler Schokolade, einem Safran-Likör oder einem Zugticket für einen Ausflug. Nach Genf oder Solothurn, ins Berner Oberland oder ganz verwegen: in den Schwarzwald. Es muss ja nicht immer Paris, London oder Madrid sein. Wie Recht du hattest. Ich war glücklich über jede Stunde, die du uns geschenkt hast, die wir dem Alltag abgetrotzt haben. Wir waren Heldinnen.

Auf die Heldenstunden folgte der Alltag, in dem ich wieder unsichtbar wurde an deiner Seite.

Aber jetzt haben wir Heldentage. Oder?

„Oder?“, frage ich, „Wir tun es noch. Uns lieben.“

Du schaust mich aufmerksam an. Und noch bevor du deinen Mund öffnest, weiß ich, was du sagen wirst. Ich habe keine Zeit, mich aus der Schusslinie zu bringen, mein Herz zu beschützen, meine Augen fest zu schließen, mir die Ohren zuzuhalten. Ich habe das Glitzern gesehen, das, immer vor jedem deiner Kanonengeschoss-Worte, in deinen Augen aufblitzt. Die Wächter vor deinem verlassenen Herzen.

„Ach du“, seufzt dein Mund, „ich liebe dich sehr. Es tut so gut, mit dir zusammenzusein. Du bist wunderbar. Aber ich kann dir nichts mehr geben.“

Ich löse die Finger aus deinem Haar, stehe auf, gehe ins Bad und lasse eisig kaltes Wasser über die wild pulsierenden Adern fließen.

Du redest weiter wie die Wasserspülung, die ich immer wieder betätige: Ich wisse das doch. Du könnest nichts dagegen tun.

Und nachdem du alles gesagt hast, drehst du dich auf den Bauch und schläfst ein. Weiter. Dem Morgen entgegen.

Wenn so etwas passiert, kristallisieren sich das Seh- und das Hörfeld auf unterschiedliche Weise. Die horizontale und vertikale Ausdehnung des Gesichtsfelds verringern sich auf einen schmalen Schlitz. Doch die Wahrnehmung im Gehör steigert sich bis zur Schmerzgrenze. Ich höre dein Blut und das leise Knistern in meinem Sinusknoten.

Der Fluss der Erinnerung, soeben seiner Quelle, der Gegenwart, entsprungen, verwandelt sich in einen schmalen, eisigen Strom. Das Denken wird zur festen, undurchdringbaren Masse, die schwer im Schädel gegen die Augen drückt.

Ich putze mir die Zähne und gehe hinaus in den dunklen Garten. Die Welt hat sich heute mehr als einmal gedreht. Und es ist noch nicht mal Tag. Da begegnet man einer Frau, und die Liebe wird geboren und man weiß, dass sie nie vergehen wird. Man kann nichts dagegen tun. Auch die Zeit nicht. Die Zeit vor allem nicht. Sie macht alles schlimmer. Was ist das für ein unerträgliches Gefühl, das mich kaum atmen lässt, überlege ich fieberhaft und ringe nach Atem. Gedankenlos und körperlos wie ein Stein in diesem kalten Garten zu liegen. Unzerstörbare Stille sein. Das wünsche ich mir. Was soll ich nur tun?

Es bleibt dunkel draußen. Menschenleere Straßen umschließen den einsamen See. Die Glocke im Dorf schlägt Viertel vor vier. In drei Stunden fährt der erste Zug zurück. Ich werde auf dem Pilgerweg nach Locarno hinunterlaufen.

Ich gehe zurück ins Zimmer und packe meine Tasche.

„Was tust du da?", fragst du schläfrig.

„Ich gehe."

„Du gehst? Wieso denn? Wir wollten doch das Wochenende zusammen verbringen. Das kannst du doch nicht machen. Jetzt einfach gehen. Wir haben abgemacht, dass wir heute noch was zusammen unternehmen und erst am Abend zurückfahren."

„Ich gehe aber jetzt."

Wie liegst du denn da? Halb nackt, mit gelocktem Schlafhaar, mit lieben Augen, die Arme nach mir ausgestreckt. Ich stelle erstaunt fest, dass du keinen blassen Schimmer hast, warum ich gehe.

„Ich habe mich so auf diese Tage mit dir gefreut. Warum musst du immer alles zerstören? Komm schon. Bleib. Bitte!"

Ich gehe auf dich zu und auf diesem kurzen Weg, zwischen Tisch und Bett, entschwinden alle Kräfte aus mir. Sachte streiche ich das Haar aus deinem Gesicht und küsse dich liebevoll auf den Mund.

„Es ist schlimm, siehst du das denn nicht? Es ist unerträglich geworden."

Du ziehst mich zu dir unter die Bettecke. Und ich, ich lege mich – von allen guten Geistern verlassen – zu dir, drücke mein nasses Gesicht an deinen warm pulsierenden Hals.

Du kuschelst dich zufrieden in deine Bettdecke und schläfst wieder ein.

Ich starre in das kalte Dämmerlicht. Die dunkelblauen Berge richten sich langsam auf, blasen sich den Nachtstaub von den breiten Schultern und betrachten ihr mächtiges Antlitz auf der unberührten Seeoberfläche.

Erschöpft, verliebt und mit großer Angst, wieder aufzuwachen, schlafe auch ich ein.

Es gibt Nächte, die verändern das ganze Leben. Eine solche Nacht war damals, als ich das erste Mal neben dir lag, auf modrigen Matratzen, unter kratzigen Decken im Massenlager einer Berghütte. Und so eine Nacht ist heute. Warum passieren solche Dinge immer in der Nacht?

Die Rückreise. Wir blättern in der Sonntagspresse und sitzen nicht mehr nebeneinander, sondern uns gegenüber. Du willst mich in Gespräche über die politische Lage irgendwelcher östlichen Länder verwickeln, „Unerhört!", über das Leben von gemeinsamen Bekannten, „Weißt du eigentlich, dass die sich ein Haus gekauft haben?", über die Kulturpolitik unserer Stadt, „Was hältst du von der Integration der Jazzschule in die Musikakademie?", über den Safrananbau in einem Bergdorf, „Wann wird eigentlich Safran geerntet? Das ist ja ein Krokus. Das wäre ja dann im Frühling, oder?" oder: „Die neue Aussteigerbewegung, die sich hier im Tessin bemerkbar macht, wäre doch was für uns."

Wie kannst du uns in solchen belanglosen Worten verlieren lassen? Ich gebe nur einsilbige Antworten und bin damit beschäftigt, Tränen zu schlucken.

Die Reise dauert ewig. Wir kommen spät nachts zu Hause an. Wir verlassen den Zug, treten hinaus auf den Bahnsteig und werden empfangen vom warmen Licht der Bahnhofsleuchten, die die Schatten der Zukunft auf unsere Gesichter werfen. Wir stehen mit scharrenden Füßen voreinander, unschlüssig, wie wir das mit dem Abschied machen sollen.

„Hier trennen sich wohl unsere Wege", höre ich mich sagen. Und: „Ich glaube, wir sollten uns eine Zeit lang nicht mehr sehen."

„Wie kommst du denn auf eine solche dumme Idee? Ich will nicht ohne dich sein. Ich brauche dich in meinem Leben", antwortest du. Ob das deine Angst ist, die deine Stimme so laut werden lässt?

Ungefragt nimmst du mich in deine Arme und wiederholst die immer gleichen Worte „Bitte, bitte, geh nicht", und andere Dinge, die wie alte Bekannte durch meine Gehörgänge stolpern.

Es wäre so einfach, mich zu ergeben, in deinen Armen zu bleiben, mit dir nach Hause zu gehen. Eine Suppe auf den Herd zu stellen, eine Flasche Rotwein zu öffnen, mit dir anzustoßen. Vielleicht ein bisschen fernzusehen und dann ins Bett zu gehen.

Ich reiße mich los, lasse dich wortlos stehen und gehe davon. In eiliger Hast, die Augen nach vorne gerichtet, den Hörsinn aufs Äußerste geschärft – so, dass ich dich hören kann, solltest du mir folgen.

Ich eile über die Passerelle, die Treppe hinunter auf die Straße und laufe nach Hause. Wie ein wild gewordenes Herdentier. Erleichtert, diesem letzten Verlademanöver entkommen zu sein.

## Die Zeit ohne dich III

Ich öffne die Wohnungstür. Mir war, als hätte ich deine Schritte im Treppenhaus gehört. Doch gähnt mich nur die leere Stille an. Ich setze mich wieder an den Küchentisch und zerdrücke Karamellkekse, mache Krümelmuster und schiebe die feine Masse hin und her, vor und zurück.

Roberta taucht auf. Meine Katze. Roberta, die wahrscheinlich irgendwo anders lebt, jetzt, denn sie sieht sehr wohlgenährt aus, obwohl ich vergessen habe, sie zu füttern. Mehrmals. Mit schlechtem Gewissen streichle ich über den kleinen, roten Katzenkopf, rede mit ihr und entschuldige mich für mein Verhalten. Morgen gehe ich feines Katzenfutter kaufen. Roberta fängt an zu schnurren, setzt sich zu mir auf den Schoss und scheint unbeeindruckt von allem, was ich sage, tue oder vergesse. Vielleicht ist es ihr auch egal, von wem sie gestreichelt wird. Wahrscheinlich sogar.

Jede Autotür, die draußen zugeknallt, jeder Fahrradständer, der vor dem Haus gestellt wird, könnte deiner sein. So wie früher. Mein Herz zehrt von den Erinnerungen, die als Konserven in den meterhohen Rippen-Regalen eingelagert sind.

Es fängt wieder an zu schneien in unserem Garten. Die ersten Knospen, die sich für den Frühling bereit gemacht haben, ziehen ihre grünen, wulstigen Köpfchen wieder ein und bleiben mitten im Geburtskanal der Baumkronen stecken. Die Schneekönigin schreitet durch den Garten, den der Frühling vergessen hat, und haucht ihren eisigen Atem dem jungen, ungestümen Blütenzauber mitten ins Gesicht.

„Sie kann mich mal", sage ich zu Roberta. „Weiß du, sie kann mich jetzt endgültig mal", sage ich zu Elsa, zu Jana und Kristin, die ich nacheinander alle anrufe. Ich werde es auch Adrian, meinem neuen schwulen Cappuccino-Freund, und Katrin, der besorgten Sekretärin, und natürlich Oliver erzählen. Und dann, gleich morgen, werde ich den kleinen Leon anrufen und mich mit ihm verabreden.

Es wird kalt in der Wohnung. Ich werfe die Karamellkrümel vom Balkon, öffne das Fenster im Schlafzimmer und lege mich schlafen. Der Wind soll durch die dunklen Zimmer rauschen. Morgen wird Elsa die Wohnung mit weißem Salbei ausräuchern. Sie wird sich freuen, wenn ich sie darum bitte. Kopfschüttelnd wird sie mit einer Tonschale voller Salbeirauch durch die Wohnung schweben und dabei versuchen, „mit guten Gedanken" alles Schlechte zu vertreiben. Ich halte ja eigentlich nichts von solchen Dingen.

Endlich habe ich das Einmaleins gelernt. Ich habe begriffen, dass deine Kosten-Nutzen-Rechung nicht mehr aufgeht, wenn ich deine Fehlbudgetierung durch Eigenkapitalerhöhung nicht mehr wettmache. Du hast Steuern hinterzogen und bist mit vollen Kassen durchgebrannt.

Es ist fünf Uhr morgens. Blaue Ziffern werfen die Zeit auf mein Gesicht. Ich stehe auf, dusche warm und dann kalt – weil sich ab sofort alles ändert, und ich somit Dinge tun muss und machen kann, die ich bis anhin nicht gemacht habe, nicht tun musste – wie eben kalt duschen. Ich esse – voller guter Absichten, ab sofort ein gesundes, ausgewogenes Leben zu führen –, ein Müesli, einen Apfel, trinke mit großen Schlucken ein hoch dosiertes Vitamin-C-Getränk und springe dann schwungvoll die Treppe hinunter, immer zwei Stufen auf einmal. Ich schließe mein Fahrrad auf und fahre durch den stillen Frühlingsmorgen ins Büro, das am Hafen liegt.

Geschäftiges Treiben, das sich mit metallener Geräuschkulisse hoch in den Morgenhimmel schraubt. Die europäischen Handels- und Verkehrswege machen kurz Rast, hier in diesem Anker- und Umschlagsplatz auf einer kleinen Schwelle zwischen Wasser, Schiene und Straße. Große Lade-Kräne, Greifer und Bagger schwenken ihre Eisenköpfe über das Wasser. Schiffe werden ausgenommen und mit neuen Containern beladen, fahren, nach kurzer Verschnaufpause, weiter Richtung Meer. Massen- und Schwergüter werden in dieser großen Industrieanlage hin und her verschoben. Dazwischen eine friedliche Koexistenz von Büros, Ateliers und Werkstätten. Es riecht nach schweißnasser Mannesarbeit und – es riecht nach Meer.

Ich steige vom Fahrrad und spaziere über die Gleise zum Quai 5, wo sich im ersten Stock unser Büro befindet.

22 Uhr. Nach einem spontanen, weinerlichen Rückfall in einer schicken Bar nimmt Kristin meinen Kopf fest in die Hände, schaut mir tief in die Augen und sagt langsam und eindringlich: „Bist du blöd oder was? Wie kann ein Mensch nur so blöd sein?"

Ich versuche meinen Kopf aus ihrem Griff zu befreien.

„Lass mich los. Die Leute gucken schon."

„Die Leute gucken schon", äfft sie mich nach. „Es schert die Leute einen Dreck, wie wir hier miteinander reden. Glaub mir. Also sag: Wie lange noch?"

„Gibst du mir eine Woche Zeit?", versuche ich es mit Witz, um Kristin zu besänftigen.

„Drei Jahre vergeudete Lebenszeit sind genug. Ich will nie mehr irgendetwas davon hören", sagt sie und trinkt den Martini in einem Zug leer.

„Komm. Du musst nach Hause. Schlafen. Und ich auch. Ich arbeite in letzter Zeit wie ein Affe und verdiene immer noch 1.500 Franken weniger als mein werter Herr Kollege. Das ist doch unglaublich, oder?“

Und noch während sie weiterredet und in einem kurzen historischen Abriss die Rolle der Frau vom Hausmütterchen bis hin zur Managerin in der Chefetage zum wiederholten Male erklärt, schöpfe ich ein bisschen Kraft und Zuversicht.

Manchmal genügt ein Wort, um aufzuwachen. Gut, vielleicht hat der Alkohol gestern Abend neue Regionen meines Gehirns dem Bewusstsein zugänglich gemacht und neue Verbindungen im Labyrinth meiner Synapsen erschlossen.

Ich lege das Trauerkleid in das unterste Fach des Kleiderschranks. Mein Entschluss gilt: Ich will dich nicht mehr sehen. Ein glasklarer Gedanke, der den Schmerz von mir abtrennt. So wie man einen Hasen häutet, ihm das Fell über die Ohren zieht. Eine Entscheidung. Ab sofort bleibe ich weg von dir. Ab sofort bleibe ich verborgen. Hülle mich in Glanz und Gloria, wenn wir uns begegnen. Denn das werden wir mit Sicherheit tun. Uns begegnen. Zwischen Tür und Angel, an irgendwelchen Anlässen, auf der Straße, im Einkaufszentrum, bei Geburtstagspartys.

Ich reiße die Kanülen, die mich jahrelang mit deinen Gefühlsduseleien und wankelmütigen Andeutungen ernährt haben, aus meinen Venen. Meine Liebe zu dir wird erstickt von einem Kissen, das so groß ist, dass die ganze Welt daran ersticken könnte. Und: Ich weine nicht dabei.

Ich arbeite zwölf Stunden am Tag, ernähre mich von Vitaminbomben, probiotischen Joghurts, Früchten, Salaten und hie und da von einem blutigen Steak. Ich kaufe mir ein Fitness-Abo und lasse mir die Haare kurz schneiden. Dinge, die man tut, wenn der Frühling kommt und man im Winter zu viele Magerquark- und Always-Ultra-Spots gesehen hat.

Ich widme mich wieder der Welt und allen Sachen, die es auf ihr gibt. Erhole mich von dir, von uns.

Wenn ich nicht gerade Hanteln stemme, mit Spinning meinen Puls in die Höhe jage, arbeite, meine Hemden bügle oder Freunde und Freundinnen treffe, wenn ich also tatenlos und alleine zu Hause bin, der Boden gebohnert, jedes Stäubchen handverlesen im Staubsauger gelandet ist und die kristallenen Weingläser blitzblank im alten Küchenschrank vor sich her strahlen, wenn der Posteingang der Mailbox bearbeitet ist und sogar die Katze frisch gestriegelt, dann also, wenn es gar nichts mehr zu tun gibt, außer im Radio das Liebeshoroskop für das kommende Wochenende zu verfolgen, dann kommt er langsam.

Ein gefiederter Geist, dessen schwarzes Federkleid mich zudeckt, mich mit gelben Krallen festhält und Augen wie ein totes Tier hat. Mit hämmernden Schnabelhieben schlägt er Erinnerungen in meinen Kopf

Dann fängt das Vermissen an. Blutsturzartig fallen Erinnerungen aus mir heraus und versammeln sich zu Demonstrationen in deiner alten Kaffeetasse, die in der Spüle liegt. Sie versammeln sich unter dem Bett, wo sich vergessene Hautschuppen und vereinzelte Haare von dir mit dem typischen Staub sanft renovierter Altbauwohnungen vermischt haben. Erinnerungen kriechen unter das Glas eines Fotorahmens. Ein Bild, aus dem du mir aus unserer gemeinsamen Vergangenheit zuwinkst, mit einem Mund, der alle Kostbarkeiten unserer Zeit siegessicher in die Welt hinauslächelt.

Alte Liebesworte schwingen dann als Damoklesschwerter an der Decke meiner Zimmer.

Mir ist kalt im dünnen Morgenmantel, den ich um mich gelegt habe und der aussieht wie ein altes Papierschiff. Ich möchte dich still machen, bis du regungslos verharrst und all meine Liebe dich trifft. Das Herz liegt in den Wehen, schwillt an, hämmert und pocht unaufhörlich die Gegenwart durch meinen Körper, schaufelt altes Liebeslaub in das kreisende Blut, das sich weiterpumpt, durch mich hindurch bis an das Ende aller Kapillaren.

Dein Lachen ist weg. Dein Mund. Deine Arme, die du so oft beschützend um mich gelegt hast. Deine kleinen Zeichnungen mit den Eskimos, die du mir jeden Morgen irgendwohin versteckt hast und die ich dann im Lauf des Tages in meiner Agenda, in der Tasche oder unter dem Laptop entdeckt habe.

Weg ist der Sonntagmorgen mit dem Sonntagmorgenbett. Du tief und fest schlafend, deine Hand zu einer Faust geballt. Wie oft habe ich mich über dich gebeugt, deinen schlafwarmen Atem gekostet, an deinen schwitzenden Schläfen gerochen. Mich ganz nah zu dir hingelegt und versucht, die Seufzer deiner Träume zu ergründen.

Manchmal, wenn wir uns geliebt haben und du mich am Morgen beim Kaffeekochen in der Küche aufgespürt hast, bist du oft auf der Türschwelle stehen geblieben und hast mich liebevoll beobachtet. Du wolltest mir die zärtlichen Abdrücke unserer liebevollen, nächtlichen Umarmungen auf deiner Haut noch mal zeigen. Dann habe ich dich umfasst, in Gedanken, auf der Küchenschwelle, im Stillen. Abermals und immer wieder. So, dass du es nicht bemerkt hast. Wir waren glücklich.

Ich versuche unsere Vergangenheit unter den Erdmantel zu kehren, und merke, während ich das tue, dass ich dabei deinen Namen flüstere. Meine Erinnerungen verirren sich in dämmrigen Zwischenwelten, spinnen da ihre Netze und erzählen sich ohne mein Zutun weiter.

Aufstehen. Duschen. Schlafen gehen. So tun, als wäre tiefe Nacht. Der Schlaf streckt mir seine rettenden, kräftigen Hände entgegen, nimmt mich auf seine Arme, verschwindet mit mir und meinem Papierschiff-Morgenmantel im weißen Bett.

Ich mache mich ganz klein und hauche in meine kalten Hände. Wünsche, ich wäre unsichtbar, so dass du mich nie mehr sehen könntest. Dass sich die kleinen Stücke von mir in dir auflösen, vielleicht, oder als kleine Rinnsale in einer unentdeckten Ader deines Körpers hin und her fließen. Vergessen. Das wäre schön.

Ich bin krank vor Liebe. War es immer und wurde nie geheilt.

Kopfpirouetten und immer wieder ein Blick über die Schulter in dein Samtaugengrau. Wenn der Sommer wiederkommt und die Sonnenblumen ihre Häupter nach der Sonne richten, wirst du bei mir sein. Bestimmt. Wenn die anderen bunten Blumen ihre wilden Blütenlocken schütteln und der Tau mit seinen flinken Silberglitzerhänden meinen Garten in das Paradies verwandelt, in dem wir so oft spazieren gegangen sind. Immer Hand in Hand. Oft versunken in zärtlichen Gedanken. Dann wirst du wieder da sein. Und mit deinen Nervenenden meine Augen berühren, und warten dann, bis mein Blick aus den dunklen Kammern, die ich so lange ohne dich bewohnt habe, heraustreten würde. Und dann würden wir uns anschauen – aus der Vergangenheit.

Ich schlafe ein – mitten im Schneeregen.

Endlich sehe ich Leon wieder. Wir treffen uns in einer kleinen Kaffeebar. Leons Mutter trinkt eilig ihren Espresso aus und erklärt mir, wo genau ich mich mit Leon um 17 Uhr einzufinden habe. Eine mir unbekannte Adresse auf dem Hügel hinter dem Bahnhofsquartier. Dann lässt sie uns alleine. Leons dunkles Haar ist schön gekämmt; er trägt ein Hemd mit Kragen und gebügelte Jeans. In einem Zug trinkt er seinen Orangensaft aus, nimmt meine Hand und fragt: „Willst du mit mir spazieren gehen?"

„Aber natürlich. Magst du den Zoo?", frage ich zurück, worauf er nur nickt und aufsteht.

Gemeinsam schlendern wir durch den Stadtpark. Seine kleine, warme Hand liegt in meiner. Aufgeregt erzählt er mir von der Schule, von einem neuen, unheimlichen Jungen, der aussieht wie ein Rabe und immer nur schweigt.

„Ich habe Angst vor ihm. Und gleichzeitig tut er mir leid. Wenn ich versuche, mit ihm zu sprechen, dann schaut er mich nicht mal an. Es ist, als ob er nicht reden könnte. Aber er kann ja reden. Redet in der Schule ganz normal. Aber nur mit den Lehrern."

„Vielleicht hat er ganz einfach Angst vor seinen Mitschülern und Mitschülerinnen", mache ich den Vorschlag.

„Das glaube ich nicht. Er ist doch so groß und stark. Und er ist der Schnellste. Und er ist einer der Besten. Da muss man keine Angst haben, finde ich."

„Vielleicht ist er einfach arrogant", ist mein zweiter Vorschlag.

Worauf Leon wild den Kopf schüttelt und es aufgibt, mir zu erklären, was an diesem Jungen so eigenartig und faszinierend ist.

Leon findet die Rosenpelikane die schönsten Tiere im ganzen Zoo und so verweilen wir fast eine ganze Stunde bei diesen Vögeln.

„Wer wohnt denn da?", frage ich Leon, als wir Punkt 17 Uhr vor einem repräsentativen Patrizierhaus aus der Jahrhundertwende stehen.

„Meine Tante Helene", meint er kurz angebunden, streckt sich und drückt den schwarzen Klingelkopf.

Helene gehört zu denjenigen, die ihre Mitmenschen mit aufdringlichen Belanglosigkeiten überschütten, dazwischen Kaffee und Kuchen servieren und taktlose Fragen nach dem Privatleben stellen.

Helene ist dick. Ihre Erscheinung ist ungepflegt. Ihr langes, schwarz gefärbtes Haar bedeckt das Weiß ihrer Kopfhaut nur spärlich, ihr Gesicht glänzt fettig und auf ihren Armen, bis zu den Ellenbogen mit einem wallenden roten Ärmelkleid verhüllt, sprießen borstige, schwarze Haare. Sie trägt ein halbes Dutzend schwere Steinringe, in deren Fassungen altes Make-up klebt. Aus der großporigen Haut strömt ein säuerlicher Duft. Aber was meinen Ekel wirklich provoziert, ist die Art, wie sie mit Leon redet, wie ihre Finger durch sein Haar fahren und wie sie versucht, ihn durch kumpelhafte Scherze noch mehr an sich zu drücken.

„So bleiben Sie doch zum Abendessen", drängt sie mich und legt noch ein Kuchenstück auf meinen Teller. „Leon wird erst in zwei Stunden abgeholt. Ein Termin ist ihr dazwischen gekommen", fährt sie fort und fügt seufzend hinzu: „Leons Mutter. Die Mutter. Sie hat einiges um die Ohren zurzeit."

Als ich dankend ablehne, bemerke ich Leons Enttäuschung. Er lächelt zwar, doch ist etwas hinter seinem kleinen Gesicht eingeschlafen.

„Das ist aber schade, dass Sie nicht bleiben können. Sehr. Wissen Sie, seit ich hier alleine lebe, ist jede Gesellschaft eine willkommene Abwechslung", sind ihre Abschiedsworte an der Tür, und sie lächelt dabei entschuldigend. Augenblicklich empfinde ich tiefes Mitgefühl mit dieser Frau.

„Ich komme gerne nächste Woche vorbei. Mit Leon. Wenn Sie möchten? Was meinst du, Leon? Nach der Besichtigung der Domglocken könnten wir noch deine Tante besuchen", höre ich mich sagen.

„Gute Idee", antwortet er mit großer Ernsthaftigkeit und legt kurz seinen dünnen Arm um meinen Hals, als ich mich zu ihm herabbeuge. Ich verabschiede mich und nehme die Straßenbahn zum Hafen ins Büro.

Nach betriebsamen Arbeitsstunden bis Mitternacht und einem Kebab auf dem Rückweg fängt ein neuer Morgen an.

Heute ist der beste Tag, um anders als gewohnt aufzustehen, denke ich, als ich nach wenigen Stunden Schlaf die Füße neben das Bett stelle. Die langsam wachsende Lichteinwirkung treibt die Vögel im Garten zu gesanglichen Höchstleistungen und zu neuen Paarungsinvestitionen an.

Vielleicht wird sich auch mein Paarungsverhalten ändern. Jedenfalls: Es ist Frühling.

Nach einem ersten Kaffee ist in mir erneut der Entschluss gereift, von nun an zu schweigen, wenn es in meinem Inneren oder draußen vor meinen Herzkammern um dich geht. Jede Sekunde des Schweigens lässt den Menschen, den man liebt und über den man schweigt, ein wenig sterben, lese ich passenderweise in der aktuellen Ausgabe des Gratisanzeigers auf der Seite mit der Zitatensammlung. Meine Tötungsversuche werden erfolgreich sein.

Gerade heute einen neuen Versuch zu starten, dich aus meinem Leben zu löschen, ist nicht schwierig. Wird der Vorsatz doch umhüllt von einer vibrierenden Ahnung. Heute Abend findet nämlich „Queer Talk" statt. Eine kleine Veranstaltungsreihe in unserer Stadt, an der auch du meistens anzutreffen bist. Die heimliche Vorfreude ist sofort da, noch bevor ich mir unser Zusammentreffen ausgemalt habe.

## 10. Treffen

Die Frühlingsreihe von „Queer Talk" findet im Ladenlokal von „Purpur-Ginster" statt, einen Blumenladen mitten an bester Passantenlage in der Innenstadt. Der Besitzer stellt den Veranstalterinnen als sympathischer Sachsponsor den Verkaufsraum zur Verfügung.

Das Auftaktthema „Geschlechtergrenzen in der Antike" lockt zahlreiche Gäste zu den Blumen. Knapp vor halb acht sind alle Klappstühle besetzt, die Garderobe quillt über und der Geräuschpegel ist beträchtlich hoch.

Jana begrüsst die Gäste, bedankt sich beim Ladenbesitzer und stellt kurz die Referentin vor, eine Altertumsforscherin. Ich will mich soeben setzen, als du mit wehendem Mantel in den Laden stürmst, dich am Rand der ersten Reihe niederlässt und alle meine Vorsätze mit einem Schwung beiseite fegst.

Endlich. Du da. Und wie so oft, zu spät.

Die erfrischende Exkursion fesselt das Publikum. Doch anstatt über meine eigenen Kategorienbildungen von „Geschlecht" nachzudenken, zu dem das Input-Referat ja auch inspirieren könnte, versuche ich aus den Augenwinkeln heraus, etwas von dir zu erhaschen. Einen Atemzug, ein Zwinkern, ein Lächeln um deinen Mund, das nur mir gilt. Was mir bleibt, sind Vasenmalereien und Bilder effeminierter Männer, die mir alle ausgesprochen gefallen.

Nach lang anhaltendem Applaus lache auch ich nach links und nach rechts, winke nach hinten und nach vorne. Die verschiedenen emotionalen Echos bei derartigen öffentlichen Anlässen sind in solch verlorenen Momenten unbezahlbar, unterstreichen sie doch meine Unabhängigkeit von dir.

Im Anschluss an das Referat folgt eine anregende Publikumsdiskussion und dann werden Weißwein und Chips serviert.

„Hallo", flüsterst du am Buffet in mein Ohr und prostest mir zu.

„Hallo" ist ebenfalls alles, was ich über die Lippen bekomme. Ein Reflex lässt meine Finger schnell über dein Gesicht fahren. Ich entschuldige mich rasch.

„Verzeih. Ich bin ... da war etwas auf deinem Gesicht", sage ich.

Ja, da war ein Lächeln. So eins, das du früher oft verschenkt hast. Am Morgen im Bett, gleich nach dem Aufwachen, oder als du dich, am Schreibtisch arbeitend, nach mir umgedreht hast oder als wir zusammen nach dem Kino Hand in Hand nach Hause spaziert sind. Ein Lächeln, das sich noch lange Zeit im Raum sonnte. Und in meiner Erinnerung.

„Macht doch nichts. Macht doch nichts. Wirklich", lächelst du verlegen.

Und dann fragst du mich, ob wir noch gemeinsam ein Bier trinken gehen, und ich sage, nein, du, lieber nicht. Ich möchte nach Haus gehen, bin müde, sehr. Und morgen ist ein sehr anstrengender Tag, aber danke, vielleicht später mal, vielleicht nächste Woche. Wer weiß. Das alles sage ich und spüre dabei, wie die einzelnen Worte sich zu Todesschwadronen zusammenschließen und als hoch bewaffnete, paramilitärische Truppen im Auftrag einer unbekannten Schattenperson alle Gefühle vernichten.

An der Tür drehst du dich um und bleibst kurz stehen. In deinem Blick ist Staunen. Diese Art zu schauen, wenn das, was im Innersten geschieht, langsam in den Augen sichtbar wird. Ich schaue zurück.

Was du siehst, macht dich innen ganz wund und anstatt zu schweigen, flüstert du aus der Ferne, da im Türrahmen stehend, „Ich liebe dich".

Ich schließe rasch die Augen und wende mich dem bunten Treiben in meinem Rücken zu. Entkommen.

Ich wollte noch „Halt" rufen, „Warte auf mich", „Geh nicht" und: „Ich komm doch mit." Unerträglich, unfassbar, deine Seelenpracht, gekleidet in dieser verletzlichen Schönheit. Du so mutig, still und schön.

„Mut lohnt sich immer", hast du mal gesagt.

Es ist mir, als würde ich dich sehen, wie du mit langen, großen Schritten die kühle Mai-Nacht durchschreitest und überall, wo du vorbeimarschierst, scheint sich der eine oder andere Hals nach dir zu recken. Oder vielleicht ist es nur mein Hals, der sich reckt und streckt, weil meine Augen dich im abendlichen Menschengewühl nicht verlieren wollen. Aber ich stehe ja fröhlich plaudernd in diesem Blumenladen und trinke mit den anderen Gästen Weißwein. Ich bin es ja nicht, die dir nachschaut.

Du gehst nach Hause. Zu deiner Partnerin. Sie wird mit dem Essen auf dich gewartet haben. Du wirst sagen, du hättest Kopfschmerzen, und gehst dann ins Bett. Hoffen, dass sie dich alleine lässt, anstatt ihren heutigen Tag detailtreu und aufgeregt vor dir auszubreiten. Sie würde die unfassbare Traurigkeit in dir drinnen nicht sehen können. Ich werde mich zu Hause auf das Sofa setzen, dort sitzen bleiben, bis mir kalt wird.

„Auch wenn du jetzt untröstlich bist. Ich bin stolz auf dich. Das hast du gut gemacht. Bravo!" Kristins Art, aufbauende Dinge sachlich und emotionslos zu sagen, hat mir immer schon gefallen.

„Vor dir steht ein Wunder. Und es fängt gleich an zu heulen“, antworte ich.

„Hör endlich auf, sie und eure Liebe zu beweihräuchern. Stell dich der Realität. Stell dich diesem Verlust. Du wirst schon nicht daran sterben.“

„Bitte red weiter“, antworte ich mit Tränen und einem Lachen. „Sieh doch nur. Ich weiß nicht, ob ich lachen oder weinen soll. Ich weiß nicht, was passieren wird, also weiß ich auch nicht, ob ich weinen oder lachen soll. Herrgott ist das anstrengend.“

„Kommt, lasst uns essen gehen“, gesellt sich Jana zu uns und macht der Referentin, ihrem hiesigen Fanclub und den anderen vom Veranstaltungsteam den Vorschlag, mitzukommen. Beim Verlassen des Blumenladens schnappt sich Kristin eine gelbe Gerbera, drückt sie mir in die Hand und sagt: „Liebe und Leben ist eben nicht das Gleiche.“

„Aber es gehört zusammen“, antwortet da die Referentin, die sich ihrem Fanclub kurz entzogen und sich dem Schlendergang von Kristin und mir unbemerkt angeschlossen hat.

„Na, eben nicht! Schau sie dir an. Meine liebste Freundin ist müde geworden vom Lieben und hat vergessen, wie das geht mit dem Leben. Sie ist unausgeglichen, weinselig und sehr langweilig geworden.“

„Ja, in der Tat“, mische ich mich ein, „als ausgeglichen kann ich mich momentan nicht bezeichnen. Diese ausbalancierte emotionale Stabilität ist mir abhanden gekommen. Momentan. Okay, vielleicht auch schon etwas länger. Wie wäre es mit einem Themawechsel? So kurz vor der Pizza? Wie war das denn genau mit Alexander dem Großen?“

Inmitten dieser anregend diskutierenden Menschen, am Rande verschiedener Gesprächsinseln, denen man das eine oder andere beisteuern kann oder auch nicht, mitten in diesem unaufgeräumten Wörtergarten, durch die Frühlingsnacht zu gehen, vorbei an hellen Schaufenstern und rauchfreien Bars – auf diesem kurzen Weg vom Blumenladen zum Restaurant und durch die schöne Altstadt hinauf, streift mich eine unerklärliche Ruhe, nur eine schwache Ahnung. Ich registriere dieses Gefühl, das den baldigen Zustand von Sicherheit, Wohlgefühl und Unverletzbarkeit ankündigt. Meine Duftwahrnehmung erweitert sich. Als würden sich die Riechzellen vermehren. Jemand hat die Tür zu einem unbekannten Raum aufgestoßen und nun dringt eine unbegrenzte Zahl an neuen Düften in mein Bewusstsein. Jedes noch so flüchtige Molekül nehme ich wahr. Ob sich meine biochemischen Abläufe verändern?

Eine kleine, gemütliche Pizzeria ansteuern, Wein, Oliven und dann Pizza bestellen, den Abend Revue passieren lassen. An diesen Moment, so unspektakulär er auch ist, werde ich mich immer erinnern.

Ich kann dann, trotz minimaler Aufmerksamkeit, dem Gespräch hie und da etwas hinzufügen, eine verwegene These beisteuern oder einfach mitlachen und zwischendurch einen liebevollen Gedanken durch die Hintertür entwischen lassen. Zu dir. Ob du schon schläfst?

Wenn mein Herz Flügel gehabt hätte, vorher, als du in den Laden gekommen bist, dann wäre es vor lauter Freude um den ganzen Erdball geflogen, dreimal, viermal, fünfmal und anschließend hätte es sich verschwitzt, außer Atem und mit vielen Blumen im Herzbeutel neben dich gesetzt.

Es ist nun drei Jahren her. Seit drei Jahren habe ich dir meine Liebe erklärt. Dir vorgerechnet, das Budget dem großzügigen Finanzierungsplan angepasst. Habe mit allen Fingern in unsere Zukunft gezeigt. Du warst in meiner Nähe. Und jetzt ist mir kalt.

„Da ist so typisch für die Schweiz“, unterbricht eine Stimme meine Gedanken. Ich blicke auf und sehe, wie die Referentin interessiert das kleine Tischgestell mit Gewürzen, Öl und Essig in der Hand hält.

„Menage heißt das", antworte ich.

„So wie Menage à trois?", fragt sie lachend. „Das kenne ich."

„Noch schlimmer. Neben Pfeffer, Salz und Aromat – die typische Schweizer Streuwürze, die auch in meiner Menage nicht fehlt – finden wir auch Essig und Öl. Das ist keine Menage à trois mehr", erzähle ich munter weiter.

„Schlimmer? Ich denke, so was ist ganz praktisch. Übrigens: eine wunderbare Idee, diese Veranstaltungsreihe", meint die Referentin.

„Danke. Aber die Idee funktioniert nur, wenn die richtigen Leute mitmachen", lächle ich verwegen und proste ihr zu, „und in diesem Fall war die Besetzung Eins A."

„Oh. Danke", lächelt sie zurück und schiebt sich eine Olive in den Mund.

Gegenüber hat sich eine Gruppe in ein Gespräch über Charakterstärken und Tugenden vertieft. Jana meint, dass es bestimmt einen positiven Zusammenhang zwischen Tugendhaftigkeit und Lebenszufriedenheit gibt. Ich will wissen, ob Ausdauer und Beharrlichkeit auch tugendhafte Eigenschaften sind, was von allen laut bejaht wird.

„Und gibt es auch Tugenden der Mäßigung und der Weisheit?", lehnt sich Kristin lässig über den Tisch.

Eine junge Frau nickt und erwähnt, dass gesundes Urteilsvermögen, Besonnenheit und Vorsicht im Tugend-Ranking obenauf schwimmen.

„Siehst du", meint Kristin zu mir und lässt sich zufrieden zurück in ihren Stuhl fallen.

Als die Runde ausgelassen wird und nach Pizza, Spaghetti und Mousse au Chocolat eine weitere Flasche Wein bestellt, verabschiede ich mich.

Kristin begleitet mich. „Ich muss auch ins Bett."

Und so spazieren wir, nachdem ich ihr Redeverbot in Sachen Tugendhaftigkeit und Charakterstärken erteilt habe, schweigend zurück.

„Du hast die Gerbera vergessen“, stellt Kristin fest, als wir wieder beim Blumenladen sind und die aufgereihte Blumenpracht im dunklen Schaufenster betrachten.

Ich bedanke mich bei Kristin für die kleine, gelbe, vergessene Aufmerksamkeit und wundere mich über ihren Begleitservice, führt ihr Heimweg doch in eine ganz andere Richtung.

„Seit wann machst du freiwillig Umwege zu Fuß?“, frage ich sie.

„Ich wollte bloß verhindern, dass du einen machst“, lächelt sie und legt kurz ihre Hand an mein Gesicht.

Ich liege lange wach im Bett, dann auf dem Sofa und schließlich esse ich Schokolade in der dunklen Küche.

Als Kind konnte ich zaubern. Ich gab meinem Vater wichtigtuerische Anweisungen, den Zauberkasten, den ich zu Weihnachten erhalten hatte, zu einer ausklappbaren, fahrenden zwei Meter langen Zaubertheke auszubauen. Und er hat's gemacht. Der rollende Zauberwagen war perfekt.

Mit magischen Worten erschuf ich in meinem Zimmerchen oder bei familiären Großanlässen, wie zum Beispiel der Taufe meines kleinen Bruders, ein neues, wundersames Universum, in dem verschiedene physikalische Gesetzmäßigkeiten außer Kraft gesetzt wurden. Unter staunenden, gut gespielten „Ahs“ und „Ohs“ beklatschten die Verwandten meine Kunststücke und mir war, als hörte ich den tosenden Applaus hunderter imaginärer Publikumsreihen.

Nach soviel wohlwollender Aufmerksamkeit begab ich mich dann jeweils zum Torten-, Kuchen- oder Pudding-Essen an die Feiertafel und fühlte mich als Mr. Copperfield hervorragend. Mit Betonung auf Mister. Die ersten Vorboten meiner sexuellen und emotionalen Präferenz waren bereits mit acht Jahren für das aufmerksame Auge und Ohr unübersehbar- und -hörbar. Als ich kurz vor meinem achten Geburtstag auf hämisch flüsternde Mitschülerinnen aufmerksam wurde, interpretierte ich diese Lästerei als mögliche Entdeckung meiner großen Verliebtheit in eine ältere Schülerin. Daraufhin beschloss ich, mir zum Geburtstag eine Puppe zu wünschen. So wie das alle Mädchen tun. Meine Mutter verdrehte die Augen und glaubte mir kein Wort, obwohl der Wunsch inbrünstig vorgetragen wurde. Mein Vater nahm mich zu sich und sagte ernsthaft, wenn ich das wirklich, wirklich wolle, würde ich das natürlich auch erhalten. Und so spielte ich wochenlang vor den Augen meiner Eltern, und nur dort, intensiv mit der Puppe.

Ein neues Universum schaffen. So wie früher. Das dunkle, leere Schlafzimmer zurück in das junge Sonnensystem verwandeln. Ein sich ausdehnendes Universum mit allen Planeten, auch mit Pluto, Ceres und Xena.

Ich habe mir alles gewünscht. Von dir. Was bleibt, ist die stille Unberührbarkeit unserer Liebe, die vor mir liegenden Nachtstunden und die Erinnerung an deinen letzten Blick, der vor einigen Stunden durch die dünne Haut meiner geschlossenen Augenlider gedrungen ist.

Die Nachtstunden. Konturenlos ziehen sie vorbei und hinterlassen blasse Nebelschwaden im ersten Silbergrau des Himmels. Ich bin immer noch wach, als die erste Amsel ihr Revier besingt.

Ich will mir nicht einreden lassen, dass ich mich nun ernsthaft mit den Überresten unserer Liebe beschäftigen soll. Wir liebten uns. Und lieben uns. Das weiß ich. Mutig sein. Jetzt. Ich wähle deine Nummer, kaum sitze ich am nächsten Morgen im Büro.

„Ich habe nichts zu verlieren. Du hast mich gebeten zu warten. Auf dich. So oft. Und das tue ich“, sage ich zu dir.

„Ich bin noch nicht so weit. Gib mir Zeit.“

Ich vergesse augenblicklich alle Wörter, die ich mir zurechtgelegt habe. Ich höre deine Stimme wieder und lege sie vorsichtig an mein Ohr.

„Schau, wenn du mich da antreffen willst, wo du es dir wünscht, dann sei geduldig, hab Vertrauen und Mut“, sprichst du leise.

„Du wirst dir meiner Liebe niemals wieder sicher sein, solange du nicht auf mich zukommst“, beende ich unser Telefongespräch.

Telefon aufhängen und weiterarbeiten. Konzept für ein Schülerprojekt mit sozialer Freiwilligenarbeit fertigstellen. Die Welt verbessern. Prima.

„Dieses Projekt, das wir in Zusammenarbeit mit der Stiftung ‚Impuls‘ aufgleisen, soll nach den Sommerferien in zehn Oberstufenzentren starten. Es passt hervorragend zu unserem Leitbild, zu unserer Philosophie. Und außerdem: Wir kriegen so Werbung. Gute PR“, schließe ich meine Ausführungen und blicke in die Runde.

„Nun brauchen wir ein Projektteam“, spricht Oliver weiter. „Wer ist bei diesem Ruhm-und-Ehre-Job mit ein paar Überstunden mit dabei?“

Drei Hände schnellen in die Höhe.

Ich bedanke mich und leite über zum Tagesgeschäft.

Die Mittagspause verbringen Oliver und ich, nach langer Zeit mal wieder gemeinsam, mit Picknick am Wasser. Er erkundigt sich nach meinem Befinden. Aber da ich weiß, wie peinlich ihm zu vertraute Gespräche sind, bleibe ich einsilbig.

## 11. Treffen

Wir treffen uns, so, als hätten wir uns nicht verabredet, im „Ella G.", einer kleinen schummrigen Bar in einem Restaurantkeller, der jeden letzten Samstag im Monat zu einer Frauendisco umfunktioniert wird. Es gibt ein kleines Sortiment an Getränken, Erdnüsse und laute Musik. Wir setzen uns auf die gefährlich schwingenden Barhocker und bestellen Bier.

Ich bin zu müde, dir meine Liebe erneut auf dem Präsentierteller anzubieten. Rückfällig geworden, kaum habe ich dich heute wiedergesehen, versuche ich die Scham darüber mit vielen Gesprächen nach links und rechts und über deinen Kopf hinweg zu verbergen.

Und auch du gibst dir redlich Mühe, keine Intimitäten zwischen uns aufkommen zu lassen. Dabei wäre es so einfach. Mit meiner Hand die deine berühren, uns festhalten. So wie früher immer, dicht neben dir sitzen. Mich in ein spannendes Gespräch verwickeln zu lassen. Neueste Theorien zum Thema Paarbindung austauschen, das Fledermaus-Echolot unter die Lupe nehmen oder über die wirtschaftsgeografischen Vorteile armer Bergregionen debattieren.

Schwarzhaarige, fremde Frauen mit gepiercten Zungen schwirren um uns herum, so kommt es mir vor, als wir still nebeneinander sitzen und versuchen, Haltung zu bewahren.

Die Musik schwillt an, und ein paar Frauen werfen sich tanzend durch den Raum. Ich bewundere diese Art, sich zu verausgaben. Dieses unbekümmerte Tanzen in Karohosen und Doc-Stiefeln scheint mir von jeher eine Mutprobe, so dass ich am liebsten Beifall klatschen und den Mädels Medaillen überreichen möchte. Ich bin insgeheim sehr neidisch. Aber ich würde diese heimliche Verehrung niemals öffentlich zugeben und stelle mir stattdessen vor, ich würde auch so tanzen. Manchmal.

Frech und unbekümmert dich bei der Hand nehmen. Jetzt, wo du so still und sprachlos geworden, neben mir sitzt. Und später dann nach Hause gehen. Da, wo wir gewohnt haben.

Erinnerst du dich? Wir haben uns kennengelernt und sind vier Monate später zusammengezogen. Wie aufgeregte Kinder sind wir durch die vier großen Räume unserer neuen Wohnung spaziert, haben uns an den Händen gehalten, unfassbar über dieses Glück, dass wir nun zusammenwohnen.

„Zwei Schlafzimmer? Toll!", meinte Elsa, als ich ihr von der Wohnung erzählte. Und ich gab kopfschüttelnd zur Antwort, dass wir bestimmt nicht vorhaben werden, getrennt zu schlafen, dass wir jede Nacht dasselbe Kissen teilen werden.

Dass wir ein Wohnzimmer, ein Esszimmer, ein Büro und eben ein Schlafzimmer hätten und dass wir nun bis in alle Ewigkeiten zusammen glücklich sein werden, hast du mit geschwellter Brust allen erklärt, die das hören wollten. Und ich habe nicht mehr aufgehört mit Nicken. Und Elsa hat gelächelt dabei.

Erinnerst du dich, dass wir manchmal dieselben Träume hatten? In der Nacht. Und am Tag sowieso.

Irgendwann, im Verlaufe des Abends, werden unsere Zungen geschmeidig und wir wechseln vom sittsamen Schweigebereich über in ein Alltagsgeplänkel, zuerst, und dann diskutieren wir über die Evolution der Feder. Was uns immer gemein war, dieser sprunghafte Eifer im Umgang mit neuen Forschungsergebnissen aus irgendwelchen Fachbereichen, bindet uns auch jetzt wieder, für kurze Zeit, aneinander.

Erste Gefühlsduseleien ertränken wir in Bier. Dein Gesicht errötet leicht, als du mir vom Tauchen erzählst, wohl weil es dich beschämt, dass nicht ich, sondern deine neue Partnerin dabei war. In Ägypten. Tauchen, dein neues Hobby. Du schilderst die bizarre Welt in den Tiefen des Wassers. Stille und Ruhe, Harmonie in der Einsamkeit, im Alleinsein. Sich treiben lassen in der Schwerelosigkeit. Ich werde es ausprobieren. Versprochen.

„Wirklich?"

„Ja, doch. Wirklich", gebe ich zur Antwort, lächle dich an und werde traurig, als du zurücklächelst.

Dein Lächeln ist ein Don-Quijote-Kampf im Alltag, der gleich morgen wieder beginnt. Oder jetzt, als dein Handy surrt und du deiner Liebsten mitteilst, du würdest bald nach Hause kommen.

Sie glaubt dir, dass du mit einem Arbeitskollegen im „Trabutin" bist, einer Bar gleich um die Ecke des Verlags, wo du als Lektorin arbeitest.

„Sag mal, langweilt dich das nicht? Dieses Herumschleichen?", frage ich.

„Herumschleichen?"

„Ja. Genau. Herumschleichen. Du um mich und ich um dich. Wir schleichen um uns herum, und weder du noch ich schaffen es, den Deckel auf diese Suppe zu knallen."

„Die Suppe ist schon lange ausgelöffelt, Liebes", sagst du.

Ich winke die Barfrau heran, um zu bezahlen. Desillusioniert stehe ich draußen vor meinem Fahrrad und versuche, das Schloss zu öffnen.

Du gibst mir meine Jacke zurück, die ich dir ausgeliehen habe, als dir vor langer Zeit mal kalt gewesen war. Der große, weiße Plastiksack, der den ganzen Abend zu deinen Füßen lag, sieht nun aus wie eine große Schneewolke, die unförmig zwischen uns liegt. Wir küssen uns warmtrocken den nächtlichen, schweren Sommerduft eilig und verschämt von den Lippen. Und in diesem kleinen Kuss liegen alle Arme dieser Welt, die dich umfassen.

Du hast gesagt, vorhin an der Bar, dass ich mich von der Sonne führen lassen solle und du hoffen würdest, dass sie mich zu dir zurückbringt. Gegen solche kitschigen Betroffenheitsworte bin ich selbst heute noch nicht gewappnet. Wie dumm von mir zu glauben, dass gerade heute noch mal die Sonne aufgehen könnte. Die Natur hält sich doch immer an ihre Gesetze. Selbst dann, wenn wir es nicht so sehen. Sollte die Sonne beispielsweise jetzt aufgehen, es ist 22.20 Uhr, gäbe es bestimmt eine natürliche Erklärung.

Wie ein aus dem Nest gestürzter Vogel stehst du nun vor mir und hältst den Lenker meines Fahrrads fest, fast so, als ob du mich am Wegfahren hindern möchtest.

Die schönsten Augenblicke in meinem Leben – die Ponte Vecchio im goldenen Abendlicht und mitten darauf wir. Der Dom in Pisa, und mitten drin wir. Die wilde Atlantikküste und in den Wellen wir. Der einsame Sandstrand Rambla Bay in Gozo und wir – die einzigen Gäste dieses Sandpalasts. Dein mutiges Coming-out vor deinen Eltern und an deiner Hand ich. Der verrückte Schneeflockentanz mit unseren Freundinnen am Silvester irgendwo auf einem Berg, unsere wiederkehrenden Geburtstage, wo wir uns immer viele kleine, süße Dummheiten überlegt haben und die Bescherung jeweils Stunden gedauert hat ... Die schönsten Augenblicke in meinem Leben haben mit dir zu tun. An deiner Seite reihen sich endlos Erinnerungen. Sie stehen wie kleine Zinnsoldaten aus den Alltagskolonnen hervor und schimmern silbern. Und ich kann mein Auge auf ihnen verweilen lassen, deine Stimme nochmals hören. Wann immer ich es will.

„Komm. Lass mich gehen“, sage ich matt.

„Ich lass dich ja schon. Aber ich hätte dir gerne noch ein paar Dinge gesagt.“

„Was denn? Dass du es dir anders überlegt hat? Mal wieder? Dass du mich jetzt willst? Endlich wieder. Immer dann, wenn wir uns nah sind, so wie jetzt, und ich dann bei dir bleiben will, weil's das Normalste ist, so bei dir zu sein, immer dann, gehst du.“

„Du hast bald Geburtstag.“

„Und immer gehst du, ohne meine Fragen gehört zu haben.“

„Darf ich dir etwas schenken?“

Wie stur du bist.

Ich nehme deinen Kopf in meine Hände und kann nicht anders, als die ganze Abscheu über diese munteren, belanglosen Oberflächlichkeiten mit grober Kraft gegen dein Gesicht zu drücken. Ich reiße mich los und fahre nach Hause. Bald schmerzen meine Muskeln, dann werden sie warm und die Tränen versiegen.

Da sitze ich also schon wieder in der dunkelsten Ecke, auf meinem Sofa, mit kalten Füßen, denke nach und schöpfe mit vollen Kellen aus dem tiefen Brunnen der Erinnerungen. Du hockst oben auf dem Brunnenrand und sagst: „Sei geduldig und werde erwachsen. Nichts kann uns wirklich trennen.“

Du summst ein Lied, an das ich mich schwach erinnere. Die Melodie soll mich aus dem Dunkel locken. Du würdest mich zu dir ziehen. In deine Arme. Und du würdest sagen: „So.“

Und in diesem „So“ würde soviel Bestimmtheit liegen.

Dein Duft an meiner Jacke hängt ordentlich in der Garderobe.

Italien. Es ist wieder soweit. Ich lege mich ins Bett und öffne die Akte Italien. Studiere den forensischen Bericht, die Einschätzung des Profilers und kann nicht glauben, dass das Motiv nicht zu ergründen ist.

Italien – damals in diesen Wintertagen – war für dich ein netter Zeitvertreib zwischen Weihnachten und Silvester.

Mit Sack und Pack ab in die toskanischen Hügelketten mit Blick auf das Meer. Ich war so ungeschickt damals in solchen strategischen Liebesdingen. Bin neben dir am Kamin gesessen und habe mir nichts dabei gedacht, als du Sachen gefragt hast wie „Können wir uns vertrauen, nach allem, was passiert ist?", „Verlässt du mich wieder?" „Du hattest soviel Geduld. Ich kann mir eine Zukunft nur mit dir vorstellen. Du bist einfach meine Frau. Ich liebe dich." Du hast so viele Dinge gesagt. Und ich habe alles wie eine hungrige Bettlerin in mich hineingestopft.

Zu meinem improvisierten und innerhalb dieser wenigen Tage zum zweiten Mal formulierten Heiratsantrag hast du dann „ja" gesagt. So einfach war das. Und selbstverständlich. Unser Ja. Wir haben beschlossen, dass wir heiraten werden.

Ich habe die Geister, die kurze Zeit später aus den Kammern deiner Erinnerungen gekrochen kamen, mit vielen Küssen vertrieben.

Mit weit ausholenden Schritten bist du durch unser beider Herzen gestürmt, hast Ausgrabungen gemacht, einen neuen Acker gepflügt, Furchen angelegt. Und ich habe mich bereits auf die Erntezeit gefreut und war glücklich, so glücklich in diesen Wintertagen.

## Die Zeit ohne dich IV

Samstagmorgen. Einkaufen. Die Straßen, Ecken und Kneipen unserer Stadt sind mir fremd geworden. Ich gehe dir aus dem Weg. Ich kaufe woanders ein, bevorzuge neuerdings den dreißig Minuten entfernten Bauernmarkt und trinke mein Bier in fremden Bars. Meine Heimat – unsere Stadt – liegt versiegelt wie ein Tatort hinter verschlossenen Türen. Die Beweise sind gesichert, die Verdächtigten und Zeugen identifiziert. Die Orte, an welchen die Verbrechen geschehen sind, sind hermetisch abgeriegelt.

Ich implodiere in dieser ganzen Trostlosigkeit, die sich in meinem Inneren angesammelt hat. Es knallt in meinen Ohren, und dann zerfetzen die Trümmerteile unserer Liebe den Raum, fliegen in krachenden Explosionen in alle Himmelsrichtungen davon.

Eine weitere Entziehungskur.

„Mach Sport", sagt Elsa, „das ist die beste Form, davon loszukommen. Deine Endorphine werden dir helfen."

Ich schaue sie verständnislos an. „Ich bin nicht Heroin abhängig."

„Nein. Schlimmer", meint Kristin.

„Sport hilft gegen depressive Verstimmungen. Das weißt du doch", meint Jana liebevoll und will mich überreden, mit ihr wieder ins Fitnessstudio zu kommen.

Kristin, Jana und Elsa klopfen mir auf die Schulter. Täglich. Es ist unerträglich.

Mein Seelen-Immunsystem bekämpft meine Liebe zu dir, als wäre es ein Fremdkörper. Du schwimmst als virale Infektion durch mein Blut, doch wird mein Organismus langsam immun. T-Zellen blasen zum Angriff und zerstören alles, was in diesen Tagen als SMS, Mail oder Briefpost von dir zu mir gelangt. Selbst vor einem Geschenk scheust du nicht zurück.

Ein Trip nach Montpellier – zum Geburtstag – als Kurierzustellung.

Du versuchst mich zu täuschen, kleidest dich in Liebesgewändern und willst ungehindert in mich hineindringen. Deine Täuschungsmanöver gelingen nicht. Ich erkenne den Erreger und meine Immunabwehr wird aktiv, bildet Antikörper und bekämpft jeden aufkeimenden Liebesgedanken. Zurück bleiben Gedächtniszellen, die schwer bewaffnet durch mich hindurch schwadronieren und nach dir suchen.

Ich koche. Chili con Carne. Wir feiern ein bisschen Geburtstag. Für das üppige, per Kurier zugestellte Blumenbouquet meiner Mutter habe ich keine passende Vase und so verteile ich die Blumen in viele verschiedene mehr oder weniger dafür geeignete Behälter.

„Vielleicht solltest du dir auf den nächsten Geburtstag Vasen wünschen", bemerkt Kristin, als sie die Arrangements spöttisch betrachtet, „anstatt deine Freunde jedes Jahr aufs Neue zu bitten, dich ‚auf alle Fälle und unbedingt zu überraschen. Aber bitte nur mit Musik oder Büchern'. So bringst du dich um wertvolle Geschenke, die deinen Geschirrhaushalt ein bisschen aufpeppen würden."

Adrian hat neben Elsa Platz genommen und versucht ihr seit längerer Zeit seine Forschungsschwerpunkte als Assistent am hiesigen Institut für Molekularbiologie näher zu bringen. Elsa aber hat Angst vor Stammzellen, Klonen und neuen Biotechnologien.

„Aber es geht um Grundlagenforschung. Was mich zum Beispiel interessiert, ist, wie Signale in das Zellinnere dringen und welche molekularen Bestandteile dies auslösen", erklärt er eifrig weiter. Elsa winkt ab und will von ihm wissen, was er „sonst so liest".

Kristin und Jana halten sich an den Händen. Ein zärtliches Handspiel. Mir ist, als wollten sie es verstecken. Seit elf Jahren ein Paar, das sich immer wieder neu erfindet.

Oliver hat als Überraschung sozusagen Katrin und Babette mitgebracht – aus dem Büro. Eine improvisierte Runde also. Und mitten drin: Leon. Er bläst meine Geburtstagskerzen aus und drückt sich in wilder Freude über sein Geschenk für mich – seltene, alte Glasmurmeln – an mich.

Wenn ich in die Küche gehe, um noch eine Flasche Wein zu holen oder ein bisschen Käse oder Brot, drücke ich im Vorbeigehen rasch mein Gesicht in die Jacke, die du mir nach unserem letzten Treffen zurückgegeben hast und die immer noch in der Garderobe hängt. Heimlich und hastig suche ich nach deinem Duft.

Katrin und Babette erkundigen sich nach meiner Befindlichkeit. Ich erläutere ihnen kurz meinen Gefühlshaushalt, was sie dazu veranlasst, sich gegenseitig im Zitieren unzähliger Weisheiten zu übertrumpfen. Nur eines soll mir in Erinnerung bleiben.

„‚Wir brauchen nicht zu lernen, wie wir Dinge loslassen können; wir müssen einfach nur lernen, es zu erkennen, wenn sie schon fort sind.' – Das ist von Suzuki Roshi, ein berühmter japanischer Zen-Meister", fügt Babette rasch an, als sie bemerkt, wie ich aufhorche.

Leon schläft bei mir in dieser Nacht. Wie er daliegt. Seine aufgeregte Erschöpfung ist entschlafen. Ich decke ihn zu und räume die Küche auf.

Das Lachen der Gäste noch im Ohr, ein letzter Schluck aus einem Glas.

Die warme Sommernacht wartet unsicher vor den offenen Fenstern, denn noch erstrahlt die ganze Wohnung, außer Leons Zimmer, im hellen Licht. Jetzt hat er hier ein Bett, denke ich zufrieden. Das alte Sofa muss raus, die große Bücherwand werde ich stehen lassen. Bald wird er das eine oder andere Buch herausnehmen und darin lesen und nach jedem Satz, der ihn berührt, ein bisschen älter sein.

Im Schlafzimmer riecht es nach blauen, roten und gelben Blumenmeeren. Ein Wind tanzt durch die Blüten und Blätter; deine vergessenen Hausschuhe weht er vor sich her.

Die Farben pellen sich von den Blumen und fallen auf das Kissen.

So nehme ich Abschied.

## 12. Treffen

Es klingelt an der Tür. Mitten in der Nacht. Mitten in der Woche. Aber nein, es ist doch erst 22 Uhr. Ich bin auf dem Sofa eingeschlafen. Die Kanne Fencheltee ist kalt geworden und Roberta, die Katze, hat es immer noch nicht geschafft, die CD-Hülle unter dem Sideboard hervorzuangeln. Seit Stunden widmet sie sich dieser Aufgabe.

„Das wirst du nie schaffen. Es ist keine Maus. Wer das wohl sein mag?“, frage ich Roberta. Ich spreche manchmal mit ihr. Normalerweise reagiert sie auf ihren Namen. Jetzt ignoriert sie mich und versucht im blinden Eifer, die CD-Hülle zwischen die Pfoten zu kriegen.

Ich bleibe sitzen. Das sind womöglich Zeugen Jehovas. Nach dem dritten Klingelsturm läuft Roberta mit wedelnder Schwanzspitze und nach vorne gedrehten Ohren zur Tür und starrt sie an, was auf eine eher angriffslustige Stimmung schließen lässt. Oder hat sie Angst?

Man ist ja als Mensch dazu geneigt, Tieren menschliche Gedanken, Gefühle und Eigenschaften anzudichten – ich jedenfalls tue das immer. Ich stehe auf und drücke auf die Gegensprechanlage.

„Ja bitte?", frage ich.

Ich erkenne dich bereits beim ersten Luftholen.

„Ich bin's. Darf ich hochkommen?"

Und ich sage einfach „ja, natürlich, aber ja doch", als ob ich gewusst hätte, dass du heute kommst. Nach so langer Zeit. Mitten im Sommer. Ich öffne die Tür.

Ich kann dich riechen, noch bevor du da bist. Höre, wie dein Atmen dir vorauseilt. Deine Schritte sind langsam, bedächtig. Du gehst gründlich vorwärts, irgendwie. Ich schließe die Augen und versuche, ruhig zu bleiben.

Du trittst durch die offene Tür in die dunkle Wohnung und folgst dem Lichtkegel, der aus dem Wohnzimmer in den Flur fällt. Ich bin der Brennpunkt. Auf dem Sofa sitzend. Als ich dich endlich sehe, fächert sich ein vertrautes Bühnenbild sekundenschnell auf und die Bühne fängt sich an zu drehen.

Wie schön du bist, denke ich und sage: „Hallo."

Du stehst linkisch da, wie immer, wenn du dir zuviel vorgenommen hast, und murmelst „Hallo".

„Möchtest du etwas trinken? Einen Wein vielleicht? Oder lieber Tee? Wasser?"

„Wasser ist recht."

Ich stelle zwei Wassergläser vor uns auf den Couchtisch und versuche, deinen Blick einzufangen, der durch mich hindurchgeht, als ob da nichts in mir drinnen wäre, das dich erreichen könnte. Ohne Widerstand dringen deine Augen durch mich und weiter durch die Wand in die Küche und von dort nach draußen.

Du fängst an zu sprechen. Langsam und betont; die Worte drehen sich in dissonanten Intervallen wie rasende Kreisel auf dem Parkettboden.

„Ich habe gehört, wie du das Fenster geschlossen hat. Damals, weißt du. Das Fenster, das Schloss, dieser Griff, den wir immer reparieren wollten. Man kann das Fenster nicht leise schließen."

Du sprichst langsam. Die ganze Vergangenheit hat sich mit dir in das Zimmer geschlichen. Ich schweige.

„Er hat mir nichts getan. Er war zu betrunken. Es war ein Missverständnis."

Ich denke, der Hund hat ihn erschreckt, und schweige weiter.

„Es roch nach Zigaretterauch in unserem Zimmer. Warum hast geschwiegen? Du hast doch alles gehört", fragst du und sprichst, ohne eine Antwort abzuwarten, weiter.

„Ich war dir doch so nah. Da beim Baum. Wir standen mitten in den Blumen. Er war grob. Die Lilien, die wilden Geranien, der Rittersporn, die Kornblumen, die du so sehr liebst ... alles kaputt."

Tränen sammeln sich in deinen Augen; ich wende meinen Blick ab.

Deine Stimme ist ein explodierender Lichtbogen, der sich mit dem einen Ende durch meinen Schädel bohrt. Das andere Ende spießt mich von unten auf. Ich drehe mich um die eigene Achse. Wie leid mir das alles tut, denke ich.

„Hast du wirklich gedacht, ich würde in unserem Garten solche Dinge tun? So tollpatschig und dumm untreu werden? Du hast alles geschehen lassen. Hast du dich gefreut?" Jetzt rollen die ersten Tränen still über dein Gesicht. „War es nicht so, dass du Angst hattest, runterzukommen? Oder hast du dich gefreut, insgeheim, endlich Recht zu kriegen? Flirtlaunig und naiv wie ich bin, geschah mir das doch recht, oder? Ja, deine sich selbsterfüllende Prophezeiung ist eingetroffen."

Aber nein. Nein, nein, nein. So war's doch nicht. Ich hab doch geschlafen.

Das alles möchte ich sagen und schweige. Vielleicht hatte ich ja Angst. Vielleicht war es mir aber auch egal. In jenem Moment, als ich oben am Fenster stand, durch den Vorhang spähte und meinte, genau zu hören, was ich nicht sah.

Du hast dich nicht gewehrt, dich seinem Liebeswahn überlassen. Aus Angst? Das wusste ich ja nicht. Ich hörte ja nur und sah nichts. Ich legte mich ins Bett und gab vor zu schlafen, als du zu mir gekommen bist und dich an mich geklammert hast. Heiß geduscht und leise weinend.

„Ich habe mich unendlich geschämt. Ich wusste ja, dass du alles gehört hast, und wartete jeden Tag auf ein Zeichen von dir, das dieses unerträgliche Schweigen zwischen uns durchbricht. Und dann, zwei Wochen später, bist du gegangen. Kurz darauf wolltest du mich wieder. Wie hätte ich dir jemals wieder trauen können? Ich habe dich gehasst für dein Schweigen, für dein Nichtstun. Und ich habe dich geliebt. Jeden Augenblick, an dem wir zusammen waren. Und tue es noch."

Jetzt erst schaust du mich an. Mutig bist du geworden. In so kurzer Zeit. Ein Anschlag auf unsere Liebe getarnt als Liebeserklärung. Die Letzte von dir.

„Bist du hergekommen, um mir das zu sagen? Nach dieser langen Zeit? Hättest du nicht besser geschwiegen?", frage ich dich.

„Wenn man die Dinge beim Namen nennt, verliert man die Angst vor ihnen. Sie werden kleiner, die Dinge. Das weißt du doch. Ich wollte, dass es aufhört. Jetzt."

„Du wolltest, dass unsere Liebe kleiner wird?", frage ich ungläubig.

„Ja."

„Und warum hast du so lange gebraucht, um mir das alles zu sagen? Wir hätten uns einiges ersparen können." Ich spreche aus einem Mund, der sich anfühlt wie Plastik und der nicht zur mir gehört.

„Ich konnte es nicht fassen, weißt du. Und ich wollte das Richtige tun, nicht vorschnell deinen Verlockungen nachgeben. Ich wollte vorsichtig sein, bedächtig handeln. Aus der Distanz, die ich immer zwischen uns geschoben habe, konnte ich dich besser beobachten, dich betrachten und abwägen, ob es gut ist, mich wieder einzulassen."

„Tust du denn jetzt das Richtige?", frage ich. Die Frage bleibt unbeantwortet.

„Vielleicht sollte ich jetzt besser gehen", sagst du, wischst dir die Tränen aus dem Gesicht und stehst auf.

„Ja, das denke ich auch."

Du gehst durch den Raum zurück, durch den du gekommen bist. Und das Bühnenbild dreht sich wieder zurück. Leise legst du die Tür an und entschwindest hinaus in die Dunkelheit des Treppenhauses. Drei Schritte. Und weg bist du.

Warum musstest du das alles so leise sagen?

Ich drehe mich immer noch.

Die ganze Nacht hindurch.

## Das Leben ohne dich

Am Morgen danach rücke ich den Stuhl zurecht, auf dem du gesessen hast.

Die Stelle, die deine Lippen am Trinkglas berührt haben, wasche ich ab, ohne vorher meinen Mund darauf gelegt zu haben.

Sommer-Ende. Vielleicht der letzte heiße Tag. Unser Haus hat zum Gartenfest eingeladen. Eine Tradition. Und auch eine Tradition ist es, dass jeder Gast einen Unbekannten, eine Unbekannte mitnimmt. Was anfänglich aufregend und spannend war, ist mittlerweile ein Fest für ein ganz bestimmtes soziales Dorf in der Stadt geworden. Überraschungsgäste treffen nur noch selten ein, was ich sehr bedauere.

Der Selbstversuch, auf einer Party fremde Menschen kennenzulernen, ist bei mir kläglich gescheitert und so gebe ich mir immer redlich Mühe, mit Empathie, Interesse und Wohlwollen Unbekannten an unserem Hausfest zu begegnen. Diese Gastgeberqualitäten sind nun also nicht mehr so gefragt. Was mich darüber hinweg tröstet, ist die Tatsache, dass die typischen

Erstgespräche auf Partys wie das Phänomen „Wetter" oder das Thema „Job" nicht mehr mühlenartig zelebriert werden müssen.

So kommen rasch Tabuthemen wie Religion, Geld oder Sex auf den Tisch. Auch die medizinische Unfruchtbarkeit heterosexueller Bekannten oder der Babyboom in der schwul-lesbischen Szene. Am Feuer widmet sich eine kleine Runde der Problemstellung von einem anwesenden lesbischen Paar, das seit geraumer Zeit auf der Suche nach einem schwulen Samenspender und aktiven Vater-Paar ist.

„Aha", höre ich mich, „dann wird gevierteilt, oder was?"

Jana nimmt mich sachte beim Arm und lächelt entschuldigend in die Runde: „Du bis so altmodisch."

„So? Bin ich das?"

„Dann steht der Karriere nichts im Weg. Ist doch prima", mischt sich Kristin ein und ich höre einen ironischen Unterton.

„Elternschaft in schwul-lesbischen Familien ist doch wohl kein Thema mehr", bemerkt eine weitere Frau, die ich vom Sehen her kenne und deren Name mir nicht einfallen will.

„Natürlich nicht. Es gab immer schon Lesben und Schwule mit Kindern. Aber dieser Reproduktionszwang des eigenen Ichs, der nun auch bei uns um sich greift und so ‚in' ist, dass ich mich ja selber schon fragen muss, wo denn mein Kinderwunsch geblieben ist, befremdet mich."

„Ja, warum soll man eigentlich Kinder bekommen?", fragt Kristin.

„Ich finde der Kinderwunsch steckt in den meisten Menschen", meint die Frau mit dem sehnlichen Kinderwunsch.

„In mir nicht!", antworte ich.

„Darauf wäre ich nie gekommen, meine Liebe", lacht Adrian, worauf Kristin erwähnt: „Was haben die Menschen nicht alles versucht, um beim Sex keine Kinder zu kriegen. Und heute gibt es Heteros, Schwule und Lesben, die zahlen für den Kinderwunsch und nehmen so einiges auf sich, damit sich dieser Wunsch erfüllt."

Ich nicke, die Runde schweigt.

„Kinderkriegen und Kinderhaben haben mit schwul, lesbisch oder hetero ja nichts zu tun", sagt Jana, mehr zu sich selber als zu uns, und die Schwangere in spe erklärt: „Mein Kinderwunsch ist unabhängig von der sexuellen Orientierung. Ich finde, Kinder sind das Schönste und das Bereichernste, was es im Leben gibt."

„Das sind egoistische Argumente. Auch wenn man eine sehr große Verantwortung übernimmt", antwortet Kristin. „Der Kinderwunsch als Mythos gibt es bei denen, die eigene Kinder wollen. Und ...", sie macht eine bedeutungsschwangere Pause, „... die, die keine Kinder wollen, sind doch eigentlich Helden und Heldinnen. Jedenfalls zivilisatorisch gesehen. Das ist doch eine große Entwicklung."

„Sicher, sicher, ihr lieben Damen. Ihr habt alle Recht", beschwichtigt Adrian und meint: „Und sicher sind Kinder von Schwulen und Lesben ein weiterer Schritt zur Akzeptanz unserer Lebensform. Ich jedenfalls freue mich auf die vielen neuen Regenbogenfamilien!"

„Zum Glück bin ich schon vierzig!", bemerkt Kristin zum Schluss und hebt das Glas.

Leon stapelt als Feuerverantwortlicher zusammen mit Elsa das Holz zu einem gefährlichen Turm. Adrian hat sich zu seiner neusten Eroberung gesellt, einem hübschen, jungen Italiener. Die beiden trinken viel Weißwein und lachen nervös. Die Partygäste legen ihre Grilladen aufs Feuer und unterhalten sich in kleinen Gruppen, die sich immer wieder neu zusammensetzen.

„Gute Idee – solche Gartenhappenings", vernehme ich eine Stimme unmittelbar vor mir. Ich blicke verwirrt auf, schaue auf den Mund, der soeben zu mir gesprochen. Der Ausschnitt der unbekannten Gesichtslandschaft wandelt sich langsam in eine vertraute Gegend.

„Felice!“, rufe ich erstaunt.

„Gib es zu, du hast vergessen, dass du mich eingeladen hast.“

„Nein, nein. Ich ... war nur etwas abgelenkt. Aber schön, bist du da. Setz dich. Zu mir.“

Weinglas schwenkend nimmt Felice, die Tänzerin vom Jahreswechsel, Platz neben mir. Wir legen den Kopf in den Nacken und schauen durch das Blätterwerk in den dunkelblauen Himmel.

„Ich liebe diese Zeit kurz vor dem Schatten der Nacht“, sage ich.

„Oh, eine Romantikerin. Aber du hast Recht, die ‚Blaue Stunde‘ ist wunderbar. Soll ich Gottfried Benn zitieren?“, fragt sie lachend.

„Um Gottes willen. Nein! So schön es auch ist. Es wäre zuviel des Guten – im Moment.“

„Du meinst, zu schön? Zu unpassend? Gut. Dann sprechen wir doch über das Phänomen der ‚Weißen Nächte‘. Das ist uns so fremd, dass es ruhig unglaublich schön sein kann, ohne dich aus der Ruhe zu bringen.“

„Du meinst, die Nächte, in denen die Sonne nur kurz untergeht und es hell bleibt? Ich kenne nur ‚Les nuits blanches‘“, antworte ich Felice.

„Aus diesem Alter bin ich raus“, meint sie.

„Ab und zu eine schlaflose Nacht tut jedem gut.“

„Sicher. Aber vor der Übung ‚schlaflose Nacht‘ kommst du mit mir ins Kino, damit du dein Repertoire der ‚Weiße Nächte‘ etwas erweitern kannst.“

„Tu ich das?“

„Ja. Wir schauen uns Viscontis ‚Weiße Nächte‘ an.“

„Ich kenne den Film. Und ich finde, das wäre noch unpassender.“

„Unpassend? Warum? Für wen?“

„Für dich. Und für mich sowieso.“

„Ja, die Geschichte ist traurig.“

Mitten in diesem unaufgeregten, ruhigen Nebeneinandersitzen, umhüllt von der einlullenden Beschallung anderer Stimmen, dem knisternden Feuer und dem schweren Rotwein auf der Zunge, beginnt ein kleiner, funkelnder Kreis sich zu drehen.

Leon wandert mit einer Kiste und mit wichtigtuerischer Miene durch den Garten.

„Ich dachte, du wolltest Holz holen im Keller. Was hast du da?“, frage ich ihn, als er mit seinem Schatz näherkommt.

„Dich hab ich da“, lächelt er voller Stolz, greift in die Kiste und überreicht mir ein Bild.

Leon hat unsere alte Fotokiste im Keller gefunden. Auf einem der Bilder lächelst du mir entgegen aus einer Zeit, in der wir frisch verliebt waren und gemeinsam mit Jana und Kristin an den Atlantik verreisten.

Ich möchte gerne meinen Finger auf das Foto legen.

Dort, wo das Lachen deinen Mund berührt.

Ich strecke die Hand danach aus, um die zu Bild gewordene Erinnerung zu mir zu nehmen, halte inne und ergreife stattdessen das Rotweinglas.

Leon hält mir weitere Fotos unter die Nase. Eines zeigt Jana, Kristin und uns zwei, wie wir in einem Boot auf wilder See tapfer in die Kamera lächeln.

„Wo ist das?“, will Leon wissen. Und: „Wer ist die da?“ und zeig mit dem Finger auf dich.

Jana hat sich, mit Kristin an der Hand, unbemerkt genähert. „Da waren wir endlich wieder auf dem Weg zum Hafen. Was für eine Bootsfahrt! Oh, was waren wir verrückt. Dieser Sturm! Wir hatten echt Glück, dass wir das überleben haben. Weißt du noch?“

Ich lächle: „Ja, ja. Ich weiß. Wir hatten Glück.“